그해, 강화 섬의 소년들

우리를 흉악에서 구하소서, 아멘

이정호 지음

다른

차례

1. 삼랑성 동문 앞   **007**

2. 득이   **017**

3. 오랑캐들   **033**

4. 다시 삼랑성 동문 앞   **047**

5. 바우   **060**

6. 기도해야 한다   **073**

7. 목숨 줄   **087**

8. 뗏목   **099**

9. 어린 사학쟁이   **113**

10. 미끼   **126**

11. 어쩔 수 없다   **138**

12. 새벽 가을바람   **153**

13. 살아 있다   **167**

14. 총소리   **179**

15. 1년 하고 반   **192**

작가의 말   **203**

1
삼랑성 동문 앞

아얏!

절대 소리를 내면 안 된다고 했다. 숨 쉬는 것조차 조심하라고 군관이 눈을 부라릴 땐 심장이 바짝 오그라들었다. 하지만 밤송이 가시가 머리에 꽂히는 아픔은 참을 수 없었다. 신음이 나오는 순간 득이는 제 입을 재빠르게 틀어막았다. 서둘러 주위를 둘러봤다. 달빛 하나 없는 칠흑 같은 밤, 올빼미 소리가 멎었다가 다시 들려오곤 했다. 득이는 왼손으로 가슴을 쓸어내렸다. 그러자 저편에서 사람 소리가 낮게 새어 나왔다.

"추워……."

득이의 오른손에 오랏줄이 쥐어 있다. 그 오랏줄의 끝에는 득이 또래의 남자아이가 있다. 오랏줄은 남자아이의 두 손을 단단히 잡아매었다. 선잠이 들었다 깬 남자아이는 몸을 더 움츠리며 부들부들 떨었다. 득이는 그런 남자아이가 조금 안쓰러워 보였지만, 쉽게 내색하고 싶지는 않았다.

늦가을의 찬바람이 한차례 득이를 스쳐 지나갔다. 떨어진 밤송이 하나가 바람을 타고 낙엽 위를 제멋대로 뒹굴었다. 밤송이는 남자아이의 발 앞에 멈췄다. 눈을 뜬 남자아이가 밤송이를 발견했다. 벌어진 밤송이 위로 알밤 서너 개가 머리를 삐쭉 내밀고 있었다. 남자아이는 입맛을 다셨다. 그러나 양손이 오랏줄에 묶여 있어 도저히 손쓸 도리가 없다. 남자아이는 두 발로 밤송이를 잡으려 몸을 이리저리 움직였다. 그 모습을 본 득이가 오랏줄을 힘껏 잡아당겼다. 득이는 남자아이를 바라보며 고개를 저었다. 움직이지 말라는 뜻이었다. 남자아이는 멈칫하더니 이내 고개를 떨구었다.

득이는 매복 나가기 전에 솜옷을 받았다. 그러나 남자아이는 끌려온 옷차림 그대로였다. 얇디얇은 여름나기 무명옷이다. 죄인이니까 솜옷 따위는 받을 수 없는 게 당연하다. 죄인 주제에 무슨 솜옷인가? 득이는 저녁으로 주먹밥을 받았지만, 남자아이는 뭘 받았는지 모른다. 어떤 음식을 먹었는지 모른다. 남자아이가 오들오들 떨며 배고파하는 건 어찌 보면 지극히 당연하다.

'바우라고 했던가?'

득이가 몸을 일으켜 바우에게 다가가 바우의 발 앞에 놓인 밤송이를 주워 들었다. 주위에 놓인 나뭇가지를 집어 들어 밤송이를 까기 시작했다. 반질반질한 알밤 네 개가 득이의 손에 들어왔다. 득이가 제 옆에서 부스럭거려도 바우는 미동조차 하지 않았다. 애초에 제 몫의 알밤이 아니라고 포기해 버린 탓이었다. 바우는 고슴도치처럼 몸을 더 둥글게 말았다.

"야, 나 좀 봐."

속삭이는 소리에 바우가 천천히 얼굴을 들었다. 그 얼굴 앞에 득이가 손을 뻗어 알밤을 들이댔다. 먹어 보라는 뜻이었다. 바우는 알밤을 잠시 보더니 다시 제 무릎에 고개를 파묻었다.

"야!"

조금 전보다 목소리가 커졌다. 바우는 망부석이라도 된 듯 움직이려고 하지 않았다.

"이게 정말! 사학쟁이(천주교 신자)는 남의 호의를 이렇게 무시해도 되냐? 사학쟁이는 예의 법도도 몰라?"

절대 소리를 내면 안 된다는 군관의 불호령은 어느새 사라지고 없었다.

"사람이라면 사람 도리를 해야 할 거 아냐? 내 말 안 들려? 후레자식이냐?"

바우가 고개를 들어 득이를 노려봤다.

"어쭈, 죄인 주제에 노려보면 뭐 어쩔 건데. 이걸 그냥……."

득이가 눈을 부라리며 주먹을 쥐고 흔들었다. 바우는 고개를 빳빳이 들고 눈에 힘을 잔뜩 줬다. 두 아이의 눈에 불꽃이 튀었다. 당장이라도 싸움이 일어날 것 같았다. 아니 싸움이 아니었다. 바우가 일방적으로 맞을 만한 상황이었다. 그때 낙엽 밟는 소리가 났다. 누군가 그들에게 다가오고 있었다. 서양 오랑캐라는 양이인가? 득이는 잽싸게 나무 뒤로 숨었다.

"이놈들 워딨는 겨. 이거 뭐, 달도 안 떠서 앞도 뵈지 않고. 도대체 어디 박혀 있는 겨. 대답하란 말이여."

익숙한 목소리였다. 나무 뒤에 숨어 있던 득이가 제 모습을 드러냈다.

"나리, 여깁니다요."

"그려 거기 있구먼. 깜깜해서 당최 앞이 보여야 말이지."

득이는 왼손에 쥔 오랏줄을 장 나졸에게 건넸다. 장 나졸은 귀찮다는 듯 오랏줄을 아무렇게나 붙잡았다. 그러고는 오랏줄을 제 손목에 대충 묶었다.

"쉬어 빠진 주먹밥을 먹은 건지 계속 설사가 나오잖여. 한 번일 보고 나면 꾸르륵거리고, 다시 일 보고 나면 꾸르륵거리고. 말도 마. 다리는 후들거리고 진이 다 빠져서 걷기도 힘들었다니께."

장 나졸이 비틀거리자 득이는 별 맞장구 없이 고개만 끄덕였다. 저리 수다를 떠는 게 마뜩잖지만 달리 제지할 도리가 없다. 장 나졸은 매복하고 있다는 사실을 까맣게 잊은 듯했다.

"별일은 없었고?"

득이가 고개를 까닥했다.

"뭐여, 어른이 물으면 대답을 따박따박 해야지, 고개만 까닥거려? 후레자식이구면."

장 나졸이 득이의 머리를 쥐어박았다. 득이가 얼굴을 찡그렸다.

"얼굴 펴. 아주 뵈기 싫은 낯짝이구면. 바우야, 안 그려?"

바우는 장 나졸을 바라보지도 않았다. 대답할 생각도 하지 않았다.

"그려그려. 죄인이 뭐 할 말이 있겠냐. 그나저나 먹은 걸 다 쫙쫙 빼냈더니 확 허기가 지네. 이 긴긴밤 지새려면 배가 든든해야 하는디. 뭐 먹을 거 없나?"

장 나졸의 새우 눈이 예리하게 움직였다. 말투는 느려서 구만 리여도 눈치 하나는 뱁새보다 빠르다.

"득이, 니 손에 뭐 든 겨? 삐쭉삐쭉 보이는 게 알밤 아니여?"

득이가 알밤 든 오른손을 뒤로 감추려고 했다. 그러나 득이의 손보다 장 나졸의 손이 더 빨랐다.

"요놈아, 어디서 나졸 나리님을 속이려고 들어. 버뜩 안 내놔."

득이는 장 나졸에게 다시 꿀밤을 얻어맞고서야 꽉 쥔 손을 풀었다.

"고것 참 실허게도 생겼네. 어디서 요런 토실토실한 것이 떨어졌다냐. 흐흐흐."

장 나졸은 퉤퉤거리며 밤껍질을 누런 이빨로 벗겨 냈다. 득이는 그런 장 나졸이 너무나도 얄미워 보였다. 아까 바우에게 들었던 주먹을 장 나졸에게 들키지 않게 흔들었다. 와그작와그작 알밤 깨무는 소리가 풀숲에 울려 퍼졌다.

"이게 뭔 맛이여. 별미구먼."

장 나졸의 입가에 침과 함께 웃음이 스르르 번졌다. 어이없는 득이는 속으로 헛웃음을 지었다.

'나졸이라고, 나랏일 한다고 뻐기더니 도둑놈, 날강도가 따로 없네. 네 놈이 나졸이면 나는 정승이다, 정승.'

밤을 다 까먹은 장 나졸이 다시 입맛을 다셨다. 또 먹을 게 없냐는 눈치였다. 먹어도 먹어도 결코 배부를 것 같지 않아 보였다. 제법 큰 키에 좁은 어깨, 툭 튀어나온 아랫배, 장 나졸은 딱 봐도 좀생이다.

"너, 밤송이 어디서 났냐?"

"떨어졌어요, 나무에서."

"그려? 워떤 나무에서?"

득이가 다섯 발자국쯤 뒤에 있는 밤나무를 가리켰다. 장 나졸은 옳거니 하며 득이가 가리킨 나무로 달려갔다. 그러더니 느닷없이 나무 밑동을 발로 차기 시작했다. 제법 세찬 발길질에 나무가 이리저리 흔들렸다. 그러나 장 나졸의 머리 위에 떨어진 건 밤송이가 아니라 바짝 마른 낙엽들이었다.

"이런 제기랄! 허기사 첫 서리가 내리는 상강이 지났으니 밤이 달려 있을 리가 만무허지. 득이 네놈은 운이 좋다."

같았다.

"너, 어디서 왔냐?"

"…… 그건 왜 물어? 네가 나졸이냐?"

이놈 봐라, 꼴에 맞받아치기도 한다.

"너, 나보다 한참 어린 것 같은데 되게 버릇없다. 장유유서 몰라?"

다시 대답이 없다. 득이는 슬슬 약이 오른다.

"죄인이면 죄인답게 고분고분해야지, 뭐가 그리 삐딱하냐?"

하아, 바우 입에서 한숨이 흘러나왔다.

"쬐끔한 게 한숨은."

득이는 망설이지 않고 바우 머리에 꿀밤을 한 대 먹였다.

"왜 때려? 네가 뭔데."

얼굴을 든 바우의 눈가에 눈물이 맺혀 있었다. 득이가 예상하지 못한 반응이었다.

"흐흐흑…… 네가 뭔데, 네가 뭔데……."

바우의 어깨가 심하게 흔들렸다. 흐느끼는 소리가 예사롭지 않았다. 득이는 괜스레 미안한 마음이 들었다. 그냥 말을 걸고 싶었을 뿐이다. 숨소리조차 조심하라고 했건만, 기나긴 밤을 아무 말없이 보내는 건 암울한 일이다. 이 잔혹한 전쟁터에 어른 아닌 아이라곤 둘뿐인데. 게다가 침략자들을 맨 처음 맞닥뜨려야 하는 두렵고 무서운 상황이다. 성안 안전한 곳에 있는 어른들, 그들은 장유유서를 몸소 실천하고 있다.

바우의 울음소리가 잦아들 즈음에 득이는 허리춤에 손을 넣었다. 저녁밥으로 나온 주먹밥을 조금 떼어 둔 것이 생각났다. 주먹밥은 추위를 먹어 단단하게 굳어 있었다. 돌덩이 같은 주먹밥을 득이가 바우에게 내밀었다. 바우는 말없이 고분고분하게 주먹밥을 받아들었다. 눈물로 얼룩진 눈가를 쓰윽 훔쳐 내고는 주먹밥을 제 입에 가져갔다.

"딱딱하다. 확 깨물지 말고 천천히 녹여 먹어라."

밥 먹는 바우의 모습을 보자 양이에게 잡혀간 세 살배기 여동생 명이가 떠올랐다. 명이는 보리죽이라도 먹었을까? 흉측한 양이에게 잡혀갔으니 분명히 굶고 있을 터다. 사람 같지 않은 것들, 짐승 같은 것들이 명이를 어떻게 대할지 모를 일이다. 득이의 마음속에서 양이에 대한 복수심이 서서히 끓어올랐다.

'그래 오너라, 버러지 같은 놈들. 내가 꼭 네놈들을 무찌르고 내 동생 명이를 구할 거다.'

구름에 가렸던 달이 모습을 드러냈다. 비록 반달이었지만 삼랑성 동문 앞을 비추기에는 충분했다. 득이는 동문 앞 내리막길을 바라보며 두 눈을 부릅떴다. 공격해 오는 양이를 죄다 무찌를 만한 비장한 눈빛이었다.

2
득이

강화 섬에 처음 프랑스군 함대가 나타난 건 달포(한 달)하고도 보름 전이었다. 득이는 여느 때처럼 삼랑성 인근 민 대감 집에서 짐을 부리고 있었다. 그날따라 포구로 민 대감 집 물건이 부쩍 많이 들어왔다. 평소라면 포구를 감싼 길상산을 돌아가겠지만, 그렇게 나르다간 해 질 녘이 되어도 일을 다 마칠 수 없다. 어쩔 수 없이 길상산에 올라야 했다.

득이가 비 오듯 땀을 흘리며 민 대감 집에 들어서자, 그 집 머슴 구만이 득이를 불러 세웠다. 구만은 조만간 혼삿날을 정한다는 임 씨 부인의 말에 구름 속을 헤매는 듯 마음이 들떠 있었다.

"득아, 쉬엄쉬엄해."

"해지기 전까지 다 나르려면 물 마실 시간도 없어요."

"허허, 그래도 물 한 모금은 해야지."

구만이 물동이에서 한 바가지를 퍼서 득이에게 내밀었다. 득이는 물 한 바가지를 벌컥벌컥 단숨에 들이마셨다. 득이를 바라보는 구만의 입이 귀에 걸렸다.

"형님은 뭐가 그리 좋아 싱글벙글이요?"

"흐흐, 나 드디어 장가간다니까."

"좋겠수."

"넌 왜 그리 심드렁해?"

득이는 대답하려다 그만두었다. 아직 열네 살이니 장가갈 나이는 되지 않았다. 구만은 스물이나 먹어서 따지고 보면 늦장가다.

"혼처는 안성 죽산이라 하더라."

묻지도 않았는데 잘도 대답한다.

"안방마님이 사주단자(혼인 전 신랑의 사주를 적은 종이)도 보낸다고 하니, 내 비록 종놈이지만 양반집 풍속은 다 따르는 것 아니냐. 허허."

마냥 좋단다. 그래 봐야 양반집 종놈이다. 강화 종놈에서 죽산 종놈으로 바뀌는 것밖에 달라지는 건 없다. 이리 가나 저리 가나 대감 나리, 안방마님으로 불러야 할 상전만 있을 뿐이다.

"그러다가 정말 입 찢어지겠수."

"예끼 이놈아."

구만이 득이를 쥐어박으려고 하자 득이는 잽싸게 지게를 지고 일어났다. 이제 한두 번만 더 지면 오늘 일이 끝난다. 득이는 길상산을 향해 서둘러 발길을 옮겼다.

산꼭대기에 다 다다를 때였다. 시커먼 연기가 먹구름처럼 피어 오르는 것이 보였다. 득이는 그게 봉화가 아닌가 싶었다. 그러나 산에서 올라오는 연기가 아니었다. 바다에서 올라오는 것이었다. 득이의 눈길이 먼바다로 향했다.

그건 태어나서 처음 보는 배였다. 색깔은 온통 시커멓다. 상어처럼 날렵하고 미역 줄기처럼 매끈하다. 돛대 두 개가 우뚝 서 있는데 창검으로 하늘을 찌르는 듯하다. 배 가운데에는 흑갈색 굴뚝이 높이 솟아 있다. 거기에서는 잿빛 연기가 마른기침을 토하 듯 솟구쳐 오르고 있었다. 노질하는 사람은 아예 보이지 않았다. 도대체 저 배가 화살 가듯 저렇게 빨리 물살을 헤쳐 나가는지 전혀 알 수가 없다.

바다 건너편 산 위에서도 그 광경을 지켜보는 사람들이 있었다. 더러는 소리를 지르고 더러는 손을 흔들었다. 득이는 지난여름에 이양선(서구식 함선이나 상선, 동양의 배와 모양이 달라붙은 이름)을 봤다는 평안도 사람들을 만난 적이 있다. 대동강을 따라 번개같이 올라온 이양선을 본 사람들은 기겁했다고 했다. 가난한 양반네는 종도 없이 가마꾼만 데리고 피난을 갔다. 가마가 밀리면 가마꾼들은 쉬다가 가마를 바꾸어 메고 갔다. 돈 많은 양반네는 막대한 가산을 버리고 줄행랑을 쳤다. 득이는 그때 들은 얘기가 번뜩 떠올라 집에 두고 온 아버지와 명이가 걱정되었다.

'짐 부르는 거 그만두고 돌아가야 할까?'

그런데 이양선들은 멈추지 않고 북으로 올라갔다. 그나마 다행이었다.

강화도와 육지 사이 좁은 바다를 따라 흐르는 염하에 나타난 이양선은 한강을 따라 도성으로 들어갔다. 양화진에 닻을 내리고 임금이 사는 한양 도성을 위협했다. 그들이 조선에 온 이유는 자기네 나라 선교사 아홉을 임금이 처형했기 때문이다. 조정은 나라에서 금하는 사학을 널리 퍼뜨린 무도한 대역죄인을 단칼에 날려 버렸다. 도성 코앞에 이양선이 다다를 때까지 조선군은 어떠한 대항도 하지 않았다.

이양선이 양화진에 정박했을 때 조정에서 관리 하나를 보냈다.

"이 작은 나라의 강산을 보았으니 부디 돌아가 주시오. 그리하면 조선의 온 백성이 기뻐할 것이오. 게다가 여기에서 한양 도성은 수천 리나 되니 이 배로는 결코 가지 못하오."

그러자 프랑스군 장교는 만리경(망원경)을 내놓으며 크게 웃었다. 이미 프랑스군 함대는 조선의 중심 한양을 속속들이 지켜보고 있었다. 조선 관리는 프랑스군 장교에게 참외와 숭어와 달걀을 선물했다. 프랑스군 장교는 유리병으로 답례하며 짐짓 예의를 차렸다. 이양선은 며칠 동안 정박하면서 수심을 측정하고 지리를 살폈다. 그러다 작약도에 정박한 함대가 좌초하여 어쩔 수 없이 한양을 떠나 다시 바다로 나갔다. 프랑스군 함대는 조선에 들어온 지 엿새 만에 나갔다. 큰 난이 벌어질 줄 알았지만 무탈하게 지나갔다. 득이네 가족도 민 대감 집도 해코지를 당하지 않았다. 하지만 완전히 물러난 것은 아니었다.

프랑스군 함대가 다시 쳐들어온 날, 득이는 잠을 뒤척이다 일어났다. 명이가 밤새도록 끙끙거렸기 때문이다. 처음에 명이는 배가 아프다고 했다. 그러더니 다음에는 머리가 깨질 듯이 아프다고 했다. 득이가 명이의 배를 살살 문지르며 잠을 재워도 명이는 쉽게 잠들지 못했다. 낮에 뭘 먹었느냐고 물어봐도 감자 몇 알만 먹었을 뿐이라고 했다. 분명히 덜 구운 개구리를 먹었을 텐데 도통 개구리 얘기는 하지 않는다. 득이는 봉긋 솟은 명이의 배를 살살 문지를 수밖에 없었다.

"오빠 손은 약손, 명이 배는 똥배. 명이 배는 똥배, 오빠 손은 약손."

"아냐, 나 똥배 아냐."

명이가 혀 짧은 소리를 해 댔다. 제 배가 똥배 아니라고 따지는 걸 보니 자지러지게 아픈 건 아니었다.

"엄마 손이 약손인데……."

그러면서 명이는 스르르 잠이 들었다. 득이가 다시 잠을 청하려고 할 때, 건넛방에서 기침 소리가 들렸다. 아버지 강치가 내뱉는 아픈 소리였다. 기침 소리는 이어지고 끊어지기를 되풀이했다. 득이가 건너가 보려고 방문을 여는 순간, 명이가 잠에서 깼다.

"오빠 어디 가?"

아버지가 기침하는 건 하루 이틀이 아니다. 넉 달 전, 한양에서 다리 한쪽을 잃고 돌아온 후로 계속 기침을 했다. 기골이 장대해서 읍내 씨름 대회란 씨름 대회는 모두 휩쓸었던 아버지가 마른 멸치처럼 변한 건 누가 보더라도 황당한 일이었다. 게다가 짐꾼의 생명이라 할 다리마저 상했으니 당장 뭘 먹고 살아야 할지 막막했다. 득이가 민 대감 집의 짐꾼 노릇을 하게 된 건 그나마 가뭄 속의 단비였다.

득이는 잠을 자야 했다. 반 시진(1시간)이라도 눈을 붙여야 짐을 나를 수 있다. 결국 득이는 아버지가 누운 건넛방에 가지 않기로 했다. 명이 옆에 있으면서 명이를 재우고 자기도 잠을 청하기로 했다. 그러다 첫닭이 울었다. 어느새 잠을 다 달아나 버렸다. 득이는 말똥말똥 천장만 바라보다가 집 밖으로 나왔다. 부엌에 가서 항아리를 열어 보니 보리쌀이 한 줌도 남지 않았다. 세 식구가 한 끼 때우기에는 턱없이 부족한 양이다. 득이는 보리쌀 씻을 생각을 접고 짚신을 고쳐 신었다. 서둘러 민 대감 집에 가서 일한 뒤, 구만에게 보리쌀 한 말이라도 얻어 보리라 생각했다. 명이가 배고프다고 칭얼대기 전에 집에 돌아와야겠다고 다짐했다.

"득이 벌써 왔는가? 아직 식전인데."

인사를 건네는 구만의 표정이 밝지 않다. 며칠 전까지만 해도 입이 귀에 걸려 있었는데, 지금은 씀바귀를 날로 먹은 듯 미간이 잔뜩 구겨져 있다.

"편히 주무셨소?"

구만이 대답을 하지 않는다. 득이는 구만에게 부탁해야 할 처지이므로 살갑게 안부를 물었다.

"무슨 일 있소? 어찌 그리 똥 씹은 얼굴이요."

구만이 길게 한숨을 내뱉었다. 몇 번 혀를 끌끌 차더니 갑자기 소리를 질렀다.

"아니 그 양이 놈들이 쳐들어와서, 아 글쎄 사주단자를 못 보낸다잖아!"

"아……."

득이의 입에서 탄식이 새어 나왔다. 한편으로 고소한 느낌도 들었다. 하지만 지금은 내색해서는 절대 안 된다.

"참 안됐소, 형님. 하지만 사주단자야 다시 보내면 되잖소. 안방마님이 다시 보내실 테니 걱정하지 마시오."

입맛을 쩝쩝 다시던 구만은 두 눈을 크게 떴다.

"그치? 그럴 거구먼. 당연히 그래야지. 암 그래야 하고말고."

그때 안채에서 구만을 부르는 소리가 났다. 구만은 네네, 하며 소리를 따라갔다. 얼마 후 구만이 다시 득이에게 돌아왔다. 아까와 다른 표정을 짓고 있었다.

"허허허, 내일 보낸다는구먼. 내일 사주단자 보낸대."

"암요, 안방마님이 어련히 잘 챙겨 주시지 않겠소."

득이는 기회를 살펴야 했다. 어느 때 말해야 구만이 자신의 부탁을 들어줄지 잘 헤아려야 했다. 때마침 싱글벙글해진 구만이 득이의 안부를 살폈다.

"그래, 조반은 했는가?"

꼴에 양반집 종놈이라고 아침밥이 아니라 조반이란다.

"아직……."

"그럼 나랑 같이하자."

구만이 득이를 붙잡고 제 방으로 이끌었다. 득이는 이때가 기회다 싶어 구만에게 부탁했다.

"저기 형님, 혹 보리쌀 좀 변통해 줄 수 있소?"

"보리쌀? 그새 다 먹었냐?"

"그게 참."

"아직 샀 줄 때 안 되었는데."

구만은 생각보다 호락호락한 머슴이 아니다. 양반 물이 들어서 어떤 때 보면 양반만큼 사리가 분명하고 영악하다. 득이는 몸을 배배 꼬며 다시 한번 부탁했다.

"동생 명이가 아파서요."

"명이가 아파? 걔 또 못 먹을 거 먹고 탈 났구먼."

넘겨짚기도 잘한다. 얼굴은 동그랗고 눈도 토끼 눈이어서 두리뭉실할 것 같은데 속은 그렇지 않다. 민 대감 집 종부 임 씨 부인이 총애하는 까닭이 있기는 하다. 하지만 약삭빠르기는 득이도 구만 못지않다.

"내 오늘 형님 일을 돕겠소. 시켜만 주구려. 게다가 삯 받을 날이 사흘밖에 남지 않았잖소. 불쌍한 놈 적선한다 치고 좀 당겨 주구려. 안 되겠소?"

삐쳐 올린 구만의 넓적한 윗입술이 코에 닿을 듯했다. 잠깐 생각한 구만이 득이에게 물었다.

"내 일 도와준다는 말 빈말 아니지?"

"그럼요. 내 어찌 형님을 속인다요."

"좋아, 그럼 앞마당부터 쓸어라. 꼼꼼히 구석구석 쓸어."

상전이 따로 없다. 어떻게 하면 공짜로 일 시킬까 시시때때로 궁리하는 양반집 종놈답다. 그러나 어찌하랴. 보리쌀 한 되라도 얻으려면 시키는 대로 고분고분할 수밖에 없지 않은가.

아침으로 감자 두 알을 얻어먹은 득이는 구만이 시키는 일을 척척 해냈다. 마당 쓸기부터 장작 패기, 소여물 먹이기, 물 길어 오기까지 다 하자 반나절이 훌쩍 지나갔다. 이제 제 일을 해야 한다. 득이는 지게를 챙겨서 대문 앞으로 나섰다.

어느 날보다 하늘이 파랗다. 입추가 지나 가을이 무르익고 있었다. 산의 나무들은 울긋불긋 색동옷으로 갈아입고 겨울 맞을 준비를 했다. 득이는 이번 겨울을 어떻게 나야 하나 걱정이 앞섰다. 병든 아버지와 어린 동생. 땔감이야 부지런히 나무를 하면 해결할 수 있지만, 끼니를 때울 곡식을 구하기란 쉽지 않다. 강화 읍내 제집에서 삼랑성 인근 민 대감 집까지는 빠른 걸음으로도 한 시진(2시간)이다. 눈 오고 세찬 바람이 몰아쳐도 민 대감 집에 가야 한다.

'괜찮다. 아직 두 다리가 튼튼하잖아.'

득이는 길상산을 바라보며 지게 끈을 힘껏 잡아당겼다. 오늘도 길상산을 넘나들며 짐을 날라야 한다. 산을 오를수록 숨이 가빠졌다. 감자 두 알 먹고 힘쓰려니 잘될 리가 없다. 산기슭을 타고 선선한 바람이 부는데도 득이의 이마에는 땀이 송골송골 맺혔다. 쉬었다 갈까, 몇 번 망설이다가 집에 남겨 둔 명이가 생각나 허벅지에 손을 짚으며 발걸음을 옮겼다. 포구에 다다르자 비로소 깊은숨을 내쉴 수 있었다.

포구에서 짐을 건네주는 이가 오늘은 왜 이리 늦었냐며 득이를 타박했다. 그 말에 일일이 대꾸할 기운이 득이에게 남아 있지 않았다. 그나마 다행인 것은 날라야 할 짐이 많아 보이지 않는 것이었다.

"그걸 다 싣겠다고? 그러다 큰일 나."

지게에 짐을 올려 주는 이가 걱정을 했다. 그렇지만 한 번에 끝내야 한다. 두 번 나르다간 깜깜한 밤에 집으로 돌아갈 것이 분명하다.

"거참, 이러다 일 그르치면 안방마님이 경을 치신다고."

제 딴에는 득이를 위한다고 한 말이었다.

"괜찮아요. 더 올려 주세요."

열네 살이긴 해도 소 힘줄처럼 심지가 굵다. 짐을 다 실은 득이
는 지게를 들어 올렸다. 끙 소리가 절로 나왔다. 서쪽을 바라보니
해가 벌써 지려고 한다. 득이는 서둘러야 했다. 이른 가을걷이가
끝난 들녘을 스쳐 지나 산길에 들어섰다. 벌써 등줄기에는 땀이
흥건하다. 올 때보다 갈 때가 배는 더 힘들다. 제 몸무게의 배가
넘는 짐을 졌으니 오르막길은 황천길 같다.

얼마 오르지 않았는데 다리가 후들거린다. 양손에 지팡이를 짚
고 오르는데도 영 진척이 없다. 누군가 뒤에서 자꾸만 잡아당기
는 것 같다. 이렇게 가서는 해 질 녘까지 민 대감 집에 다다르지
못할 것 같다. 그래도 어쩔 수 없다. 일단 꼭대기에 올라서는 것이
중요하다. 올라서기만 하면 내려가는 길은 식은 죽 먹기다. 득이
는 거친 숨을 몰아쉬면서 거북이처럼 산을 올랐다.

"하아."

드디어 정상이다. 이미 땀으로 얼룩진 옷소매로 다시 땀을 닦
았다. 바윗덩이 같은 지게를 내려놓고 잠시 쉴 참이었다.

'아차, 지게를 잘못 내려놓으면 짐이 와르르 무너질 텐데.'

애써 가지고 올라온 짐들이 산 아래로 굴러떨어지기라도 하면
낭패도 그런 낭패가 없다. 보리쌀은 둘째 치고 몽둥이찜질을 당
해도 할 말이 없다. 득이는 그냥 잠시 멈추어 서서 쉬었다 내려가
기로 했다. 해는 아직 바닷물 위에 닿지 않았다. 수평선에 닿으려

면 반 시진쯤 걸릴 것이다. 있는 힘 없는 힘 모조리 쥐어짜며 올라온 덕이었다. 내려가는 길이 올라가는 길보다 위험하긴 해도 내려가는 시간이 올라가는 시간보다는 확실히 더 짧다. 정신 차리고 잰 발걸음으로 내려가기만 하면 된다.

내려가야지 하고 생각하는 찰나, 남쪽에서부터 검은 연기가 다가왔다. 시커먼 구렁이가 나무에 오르는 것처럼 새까만 연기는 으스스하게 섬을 향해 날아들었다. 스무날 전에 나타나 한양 도성으로 향하던 그 배들이었다. 배는 네 척이나 되었고, 작은 배도 여럿 있었다. 감색 군복에 긴 총을 든 병사들이 배 위에 줄지어 서 있었다. 배 양옆에는 대포가 놓여 있었는데, 그 위용이 실로 대단했다. 순간 득이는 겁을 집어먹었다. 예감이 좋지 않았다. 지난번처럼 아무 일 없이 강화 섬을 지나갈 것 같지 않았다.

득이의 발걸음이 떨렸다. 쿵쿵거리는 가슴을 진정할 수 없었다. 지게 위에 실린 짐들도 득이의 가슴을 따라 요동쳤다. 끈으로 단단히 동여매었는데도 이리저리 들썩거렸다. 그러다 득이는 돌부리에 발을 헛디뎠다. 하지만 득이의 반사신경은 놀라웠다. 어떻게든 나뭇가지를 잡아 넘어지지는 않았다. 지게 끝이 가지에 걸려 다행히 짐이 쏟아지지도 않았다. 그러나 안도할 시간이 없었다.

득이는 미친 듯이 달려 산에서 내려왔다. 민 대감 집 앞에 도착하자 구만이 먼저 득이를 알아봤다.

"득이 너 신들렸냐? 어찌 이리 걸음이 빨라."

득이는 구만의 말에 대꾸하지 않고 지게부터 받아 달라고 소리쳤다. 구만은 영문도 모른 채 득이 말에 따라 짐을 받았다. 지게에서 해방된 득이가 구만에게 이양선이 왔다는 것을 알렸다.

"또 왔다고? 이런 빌어먹을. 아이고, 내 사주단자."

구만이 짚신을 벗어 들고 주저앉아 땅바닥을 내리쳤다. 득이의 머릿속에는 구만에게 받을 보리쌀 따위가 없었다. 오직 병든 아버지와 어린 명이뿐이었다. 우는 건지 웃는 건지 모를 구만을 뒤로하고 민 대감 집에서 나왔다. 달려야 한다. 읍내까지 달려야 한다. 저 화살같이 빠른 이양선이 득이보다 읍내에 먼저 도착할 것은 불 보듯 빤하다.

득이의 가쁜 숨은 읍내로 들어가는 남문 앞에서 잠시 멈췄다. 남문을 지키는 병사들은 저들끼리 낄낄대고 있었다. 염하에서 무슨 일이 벌어지고 있는지 아무것도 모르고 있었다. 그들은 성문을 드나드는 사람들을 유심히 살펴보지도 않았다. 득이가 한 병사에게 다가가 산꼭대기에서 본 것을 알렸다.

"꼬마야, 일 끝났으면 얼른 집에 가거라. 조금 있으면 성문 닫혀. 쓸데없는 소릴랑 하지 말고 어여 가. 어여."

등 떠밀리듯 득이는 성문을 지나 읍내로 들어섰다. 읍내도 고요했다. 사람들은 평소처럼 길거리를 오갔다. 득이는 자기가 착각한 게 아닌가 싶었다. 지난번처럼 이양선이 별일 없이 돌아갈 것으로 생각했다. 그래도 '왜 또 왔을까?' 하는 의구심이 떠나지는 않았다.

아버지의 기침 소리가 멀리서도 들렸다. 집에 가까워질수록 기침 소리는 커졌다. 집 앞 울타리에 다다르자 아버지 강치가 건넛방 문을 열었다. 열린 문 사이로 아버지는 얼굴을 내밀었다. 그러더니 그 어느 때보다 더 세차게 기침을 내뱉었다. 기침과 동시에 아버지 입에서 튀어나온 것은 검붉은 핏방울이었다.

"아버지!"

득이가 달려가 문지방 앞에 쓰러진 아버지를 부축했다. 아버지는 괜찮다는 말조차 할 수 없을 만큼 온종일 기침에 시달렸다. 부축하는 득이에게 몸을 맡겼다. 그런 아버지의 몸은 종잇장처럼 가볍디가벼웠다. 득이의 눈에 눈물이 고였다. 날이 저물도록 보리밥 한 수저 뜨지 못했을 아버지를 생각하니 가슴이 미어졌다. 구만에게서 보리쌀을 변통해 오지 못한 자신이 한스러웠다.

아버지를 눕히고 나자 명이 생각이 났다. 명이가 보이지 않는다. 이 애가 또 어딜 갔을까? 득이는 마당 밖으로 나와 거리를 살폈다. 때마침 어린아이가 집으로 다가오는 게 보인다. 먹지 못해 말라비틀어진 몸에 꾀죄죄한 옷차림, 누런 콧물을 늘 달고 다니는 아이 명이다. 명이 손에 뭔가가 들려 있다. 나무껍질이다.

"이런 거 먹지 말라고 했지. 그럼 또 배탈 난다고!"

명이는 뜯다 남은 나무껍질을 허리 뒤로 감춘다. 득이가 명이 손을 낚아채서 나무껍질을 집어 든다. 그러고는 흙바닥에 내팽개쳤다.

"으아앙."

울음보가 터졌다. 명이는 흙바닥에 주저앉아 엉엉 운다. 지나가는 사람들이 그 꼴을 본다. 득이는 한없이 창피하다. 명이가 못나 보이는 게 아니라 자기가 못나 보인다. 정작 울고 싶은 건 득이 자신이다. 울고 있는 명이를 득이가 일으켜 세웠다. 치마에 묻은 흙을 살뜰하게 털어 주고는 명이 손을 잡았다. 명이는 분이 안 풀렸는지 득이의 손을 뿌리친다. 그러더니 득이가 내팽개친 나무껍질에 손을 뻗는다. 하지만 득이가 명이보다 빠르다. 명이 손에 거의 닿을 뻔한 나무껍질은 득이의 발차기 한 방에 저만치 날아가 버린다. 마침내 명이는 아까보다 더 크게 울부짖었다.

득이는 가만히 지켜보기만 했다. 달래 주려고 하면 더 크게 울 걸 알기 때문이다.

'그래, 실컷 울어라. 울어서 분이 풀린다면 그나마 낫다.'

그런데 이상하게 명이의 울음은 오래가지 않았다. 명이 배에서 꼬르륵 소리가 났기 때문이었다.

"오빠, 나 배고파. 무지 배고파."

득이가 허리를 숙여 앉아 있는 명이를 안아 올렸다. 아버지가 종잇장이라면 명이는 새털 같다.

"가자, 오빠가 밥 지어 줄게."

명이는 언제 울었냐는 듯 득이에게 업혔다. 득이는 안도했다. 이양선이 다시 쳐들어와서 난리가 난 건 아니니 다행이다. 굶더라도 이렇게 살아 있으니 다행이다. 등에서 명이의 체온이 느껴지자 급하게 뛰던 심장이 제 호흡을 찾았다. 이제 득이에게 남은 과제는 단 하나다. 한 줌밖에 안 되는 보리쌀로 어떻게 세 식구 배를 채울까.

'옆집 아줌마한테 동냥이라도 해야겠다. 오늘은 그렇게 때우고 내일 구만 형님에게서 보리쌀을 받으면 되겠지.'

끊어졌던 아버지의 기침 소리가 다시 들려왔다. 질긴 목숨 줄만큼 기침 소리도 질겼다.

'오늘은 어쨌든 무사하다. 내일 일은 내일 생각하자. 이제 추수가 시작되니 떨어진 낟알이라도 있을 것 아닌가. 떨어진 낟알 주워 먹는 참새 같은 처지건만 그래도 사람이다. 사람이니까 어찌 됐든 풀칠은 할 수 있을 거다.'

어느새 날이 저물었다. 득이는 오늘 밤도 무탈하게 지나가기를 빌었다.

3
오랑캐들

다음 날, 자욱한 새벽안개가 섬 둘레를 에워쌌다. 근래에 본 적 없는 짙은 안개였다. 민 대감 집에 도착한 득이는 일꾼들이 분주하게 움직이는 게 이상해 보였다. 정신없이 짐을 나르는 구만에게 득이가 물었다.

"형님, 무슨 일 있수?"

"양이 놈들 배가 갑곶에 닻을 내렸다는데 넌 몰라?"

"네? 그 흉측한 배가 섬에 닿았다고요?"

"곧 섬 안으로 쳐들어온다는 거야. 그러니 가만히 있을 수가 없지."

"피난 가는 거예요?"

"당연하지. 그 흉헌 놈들이 뭔 짓을 벌일지 어떻게 알아? 게다가 이 댁 대감님이 임금님 외척이잖아. 너 그렇게 장승처럼 가만히 서 있을 거야? 짐 날라야 할 거 아냐."

"아, 네."

득이는 대답을 그렇게 했지만 선뜻 움직일 수 없었다. 갑곶에서 읍내까지는 먼 거리가 아니다. 쉬지 않고 달음질치면 반 시진도 안 되어 닿을 거리다. 양이 놈들이 읍내로 진격해 간다면 민 대감 집보다 제집이 더 위험하다. 피난을 떠나야 할 사람은 민 대감이 아니라 자신의 아버지와 동생이다. 더욱이 병자이고 어린아이이지 않은가?

득이가 구만에게 넌지시 물었다.

"저 집에 돌아가야 할 것 같……."

득이의 말이 채 끝나기도 전에 구만이 냅다 소리를 질렀다. 평소 행동과 말이 굼뜬 구만과는 전혀 딴판이었다.

"뭐, 집에 가? 정신 차려. 너 이 댁 짐꾼이란 거 몰라?"

"양이 놈들이 갑곶에 상륙했다고 했잖아요. 거기서 읍내까지는 금방이에요. 집에 아버지와 명이가……."

"예끼 이놈아!"

구만이 득이의 등짝을 후려쳤다.

"잔말 말고 어서 짐 날라. 보리쌀 안 받아 갈 거야?"

아차, 어제 받아야 할 보리쌀을 잊고 있었다. 아무리 흉악한 양이일지라도 병든 사람과 어린아이까지 해코지하지 않을 것이다. 게다가 득이 집에는 양이에게 빼앗길 물건이 하나도 없다. 곡식이라곤 한 톨도 남지 않았다. 득이는 구만의 지시에 따라 짐을 나르기 시작했다.

득이는 먼저 창고로 들어갔다. 쌀가마니가 천장까지 높이 쌓여 있었다. 그동안 득이는 포구에서 짐을 날라 창고 앞에만 쌓아놓았지, 그 짐을 창고에 들여놓은 적은 없었다. 창고에 쌓는 것은 이 집 머슴들이 할 일이었다.

'잘 사는 대감 집이라 쌀이 이리 많구나. 두 해 동안은 너끈히 먹을 수 있겠어.'

구만은 창고에 쌓인 쌀을 모두 뒤뜰 언덕으로 옮기라고 했다. 득이는 구만의 말에 따라 부지런히 쌀가마니를 지어 날랐다. 쌀가마니는 언덕에 차곡차곡 쌓였다. 득이가 마지막 가마니를 다 나르고 숨을 고르려는 때에 구만이 곡괭이를 쥐여 주었다.

"땅 파라. 굴을 만들어서 그 안에 쌀가마니들을 차곡차곡 쌓아 놓아야 해. 이 난리 통에 분명히 도적질 일삼는 놈들이 있을 게 아니냐?"

양이에게 쌀을 빼앗길까 봐 그냥 다른 곳에 옮겨 놓는 게 아니었다. 백성들에게 약탈당하지 않도록 꼭꼭 숨겨 두려는 것이었다. 득이를 비롯한 일꾼 몇몇이 곡괭이를 들고 굴을 파기 시작했다. 쌀가마니를 지는 것보다 땅 파는 게 훨씬 힘들었다. 구만은 일꾼들이 힘들어하는 건 아랑곳하지 않고 작업반장답게 일꾼들을 혹독하게 후려쳤다.

"벌써 해가 중천이야. 그렇게 해서 언제 끝낼 거야. 서둘러! 쉴 시간도 없다니까."

여기저기에서 흙이 튀었다. 곡괭이질에 깨진 자갈이 얼굴까지 솟아올랐다. 하마터면 득이는 그 자갈에 맞아 얼굴에 생채기가 날 뻔했다. 전쟁터에서 진지를 구축하듯 굴을 판 덕에 그 많은 쌀가마니를 묻을 자리가 마련되었다. 득이와 일꾼들은 쌀가마니를 옮겨 굴 안으로 넣었다. 정신없이 일하는 사이에 누군가가 나타났다.

"다 했는가?"

민 대감 집 종부 임 씨 부인이었다. 구만이 머리를 조아리며 임 씨 부인을 맞았다. 파 놓은 굴을 이리저리 살피던 임 씨 부인이 구만에게 손가락질을 했다.

"저러면 흙이 가마니 속으로 들어가지 않겠는가? 천장 쪽에 나무를 대야 하지 않겠냐고."

구만이 머리를 긁적이며 난감한 표정을 지었다.

"죄송하구먼요. 마님 말씀대로 나무를 대겠습니다."

"꼼꼼하게 일하게. 한 가마니라도 소홀히 대해선 안 돼."

여인의 목소리가 바윗덩이처럼 묵직했다. 임 씨 부인은 조금 있다가 다시 오겠다며 안채로 향했다. 임 씨 부인이 시야에서 사라지자 구만의 표정이 싹 바뀌었다. 구만은 곡괭이를 힘껏 내리치며 일꾼들에게 소리쳤다. 자갈 더미에 부딪힌 곡괭이 끝에서 불꽃이 타닥 튀었다.

"이놈들아, 똑바로 하란 말이야. 어서 천장에 나무를 대라고!"

안방마님에게 싫은 소리를 들은 구만은 미친 듯이 일꾼들을 몰아쳤다. 당황한 일꾼들은 우왕좌왕하면서도 몸을 날래게 움직였다. 득이는 굴 안으로 들어가 천장 쪽에 나무를 댔다. 그러다 천장 쪽 흙이 득이의 머리에 와르르 쏟아졌다. 흙먼지가 눈에 들어가고, 흙 한 줌이 입안으로 딸려 들어갔다. 눈을 제대로 뜰 수 없었다. 입안에 든 흙을 뱉어 내려고 퉤퉤거렸다. 구만은 득이가 그러든지 말든지 신경조차 쓰지 않고 어서 빨리 나무를 대라고 고함쳤다.

"쌀가마니에 흙 들어가잖아. 뭐해, 서두르라고!"

가까스로 천장에 나무를 고정했다. 굴에서 나온 득이는 흙범벅이 되어 있었다. 구만이 득이의 뺨을 후려쳤다. 얼떨결에 따귀를 맞은 득이는 억울하지만 대들 수 없었다. 독기가 바짝 오른 구만의 눈을 보며 흠칫 물러섰다.

점심이 지난 뒤, 득이는 또 짐을 짊어졌다. 이번에는 가재도구와 식량을 포구로 나르는 일이었다. 민 대감 집은 배를 타고 강화섬을 떠나 인근의 작은 섬으로 피난 갈 계획을 세웠다. 피난 가 있는 동안 필요한 먹을 것과 입을 것을 배가 정박한 포구로 옮겨야 한다. 지게에 짐을 실은 득이와 일꾼들 앞에 구만이 섰다.

"한시라도 바삐 가야 하니까 길상산을 타고 넘어갈 거다. 어느 때보다 빨리 걸어야 해. 오랑캐들이 언제 쳐들어올지 모르니까."

산길을 잘 아는 득이가 앞장을 섰다. 단출한 괴나리봇짐 하나만 진 구만이 그 뒤를 따랐다. 일꾼들은 구만의 뒤에 한 줄로 섰다. 득이의 발걸음은 누구보다 빨랐다. 서둘러 일을 마치고 집에 돌아가 아버지와 명이를 돌봐야 하기 때문이다. 그러나 대감 집 일꾼들은 득이의 발걸음을 따라잡지 못했다. 산을 오르다 몇몇은 짐 무게에 못 이겨 뒤로 자빠졌다. 그를 타박하는 구만의 잔소리가 산허리에 울려 퍼졌다. 설상가상으로 빗방울까지 떨어지기 시작했다. 비를 머금은 산길은 몹시 질척거렸다. 짚신이 진흙탕에 푹푹 빠져 앞으로 나아가기 힘들었다. 일꾼들을 몰아치는 구만의 입은 점점 더 거칠어졌다. 온갖 육두문자가 튀어나왔다.

비 맞은 생쥐 꼴로 득이와 일꾼들이 포구에 도착했다. 구만은 포구에 남고, 나머지는 돌아가기로 했다. 포구에서 민 대감네가 피난 갈 배를 빌리고 짐도 지켜야 하는 게 구만의 또 다른 일이었다. 일꾼들이 대감 집으로 발길을 돌리려는 순간, 득이는 구만에게 받아야 할 보리쌀을 기억해 냈다. 오늘 저녁 끼니를 해결하려면 반드시 보리쌀을 얻어야 한다.

"구만 형님, 저기."

구만이 두 눈을 치켜뜬다. 득이의 심장이 오그라든다. 그러나 말해야 한다. 안 그러면 굶는다.

"보리쌀을 주셔야."

"이런 미친놈을 봤나. 보리쌀 같은 소리 하고 자빠졌네. 지금 바빠 죽겠는 거 안 보여."

구만의 주먹이 득이 얼굴 앞에서 흔들거렸다. 득이는 얼른 몸을 뒤로 뺐다.

"그래도 주실 것은 주셔야……."

그 순간 구만의 발등이 득이의 엉덩이를 가 닿았다. 득이가 아얏 하고 짧은 신음을 내뱉었다.

"저리 꺼져."

다시 말을 걸려고 구만에게 다가서는 득이를 일꾼 가운데 한 사람이 말렸다. 약속을 지키지 않는 구만이 몹시 미웠지만, 더 대들다간 멍석말이를 당할지도 모를 일이었다. 득이는 분을 삼킬 수밖에 없었다. 속으로 구만을 욕하면서 집으로 발길을 돌렸다.

강화 읍성 남문에 다다른 득이는 묘한 기분을 느꼈다. 문을 지키는 문지기 병사들이 없다. 그렇다고 문이 닫힌 건 아니다. 사람들의 왕래도 거의 없다.

'오랑캐들이 벌써 읍내에 들이닥쳤나?'

불길한 생각이 들자 득이는 달음질치기 시작했다. 숨이 턱 밑까지 차올라서야 집에 다다를 수 있었다.

"아버지, 명이야."

답이 없다. 아버지의 기침 소리도 들리지 않는다. 득이는 단박에 툇마루에 올라 큰방 문을 열었다. 다행히 아버지는 누워 있었다. 득이는 조용히 방문을 닫고 명이를 찾기 시작했다. 오늘도 녀석은 동네를 싸돌아다니며 뻘건 눈을 한 채 먹을거리를 찾고 있을 테다. 마당을 지나 거리로 나섰다. 거리에는 사람들이 보이지 않았다. 숨바꼭질하는 것처럼 모두 다 숨어 있는 듯했다. 득이 혼자 술래인 것 같았다. 득이는 명이의 이름을 부르기 시작했다. 그러나 들려오는 건 하나도 없었다.

읍내를 한 바퀴 다 돌았는데 명이가 보이지 않는다. 거리에는 낙엽들만 굴러다닌다. 득이는 명이의 소꿉놀이 친구들에게 명이를 봤냐고 물었지만, 그 아이들도 명이를 못 보았다고 했다. 명이는 감쪽같이 사라졌다. 정말 그럴 수는 없는 노릇이었다.

해가 지고 날이 어두워졌다. 득이는 일단 집으로 돌아가기로 했다. 앞마당에 들어서자 기침 소리가 들렸다. 득이는 기침 소리를 따라 아버지가 있는 방으로 들어갔다. 아버지는 벽에 몸을 기댄 채 손에 수건을 쥐고 있었다. 수건에는 피가 흥건했다. 득이는 핏물이 든 수건을 아버지의 손에서 떼어 냈다. 그리고 깨끗한 수건을 쥐여 주었다.

"명이가 안 보여요."

아버지 강치는 눈만 끔벅거렸다.

"아버지, 오늘 명이 못 보셨어요?"

아버지는 마른침을 삼키더니 한숨을 크게 내쉬었다.

"보냈다."

"보내다니요?"

아버지는 곧바로 대답하지 않고 숨을 한껏 들이마셨다. 아버지의 입에서 기분 나쁜 쇳소리가 났다.

"낮에 양인 한 사람이 우리 집에 왔다."

"양인이요, 오랑캐가 왔다고요?"

"그래. 그런데 군사들은 아니었다."

"그럼 누군데요?"

"양인은 한 사람이고, 조선 사람이 둘이었다. 양인은 자신을 천주교 선교사라고 했다. 그 양인을 따라온 조선 사람들은 천주학쟁이고."

"뭐라고요? 사학쟁이들이 우리 집에 왔다고요?"

"그들이 명이를 집에 데리고 왔어. 길에서 혼자 놀고 있는 명이를 데려왔다고 하더구나."

갑곶에 정박한 프랑스 군대는 별다른 저항을 받지 않고 강화성 남문으로 진격했다. 남문을 지키는 조선군 수비병을 간단하게 제압하고는 관아로 향했다. 그 프랑스 군대 뒤에는, 프랑스 선교사 아홉이 처형된 지난 박해 때 가까스로 살아남은 리델 신부가 있었다. 리델 신부는 자신을 청나라로 탈출할 수 있게 도와준 길잡이 조선인들을 대동했다. 관아로 향하는 길에서 리델 신부는 명이를 발견했다. 썩은 나무껍질을 물고 있는 명이가 무척 가여워 보였다. 명이는 경계심도 없이 낯선 서양인의 손을 잡고 제집으로 이끌었다. 리델 신부가 명이를 툇마루에 앉히자 명이는 리델 신부의 긴 턱수염을 매만졌다. 리델 신부는 웃음을 지어 보였다. 그때 방에서 기침 소리가 났다. 그렇게 리델 신부와 강치가 만났다.

강치의 말이 득이에게 들리지 않았다. 득이의 관심사는 명이일 뿐 다른 건 아무것도 들리지 않았다.

"그래서요, 명이는 어떻게 된 거예요?"

"양인이 나를 보더니 애 엄마는 어디 갔냐고 묻더라."

강치의 아내는 명이를 낳자마자 세상을 떠났다. 날벼락 같은 일이었다. 아이 낳다가 죽은 여인이 많긴 해도 제 마누라가 그렇게 될 줄은 꿈에도 상상하지 않았다. 별다른 병치레도 없었는데 그렇게 허망하게 먼저 가 버렸다. 아내를 묻고 돌아오는 길에 강치는 풀썩 쓰러졌다. 씨름꾼 강치, 육척장신의 지게꾼 강치가 쓰러진다는 건 상상할 수 없는 일이었다. 강치가 경복궁 중건 공사에 자진해서 참가한 이유 가운데에는 아내의 죽음도 있었다. 허망하게 아내를 묻은 강화 땅이 싫었다. 무덤을 바라보는 것 자체가 고통스러웠다. 그저 강화를 떠나고만 싶었다.

임금의 아버지는 조선의 정궁(국가 행사를 거행하는 중심 궁궐)인 경복궁을 다시 짓겠다고 공표했다. 임진왜란 때 불타 없어진 궁궐을 다시 지어서 왕실의 권위를 세우고자 했다. 조선 팔도에서 일꾼을 징발했다. 나무를 나르고 돌을 짊어질 일꾼들이 도성으로 몰려들었다. 일꾼들이 받을 삯은 보잘것없었다. 강치는 자진해서 한양으로 올라갔다. 온몸이 욱신거리도록 힘들게 일하니 죽은 아내 생각은 점점 흐릿해졌다.

4월 꽃 피는 봄에 나무를 보관하는 저목장에서 불이 났다. 그날 저목장을 지키는 불침번은 강치였다. 강치는 일꾼들에게 불이 났다는 사실을 알린 후 물을 길어와 불길을 잡으려 했다. 그가 세 번째로 물을 길어왔을 때 불붙은 서까래가 그의 다리를 덮쳤다. 강치는 부러진 다리를 부여잡으면서 매캐한 연기를 쉴 새 없이 들이마셨다. 얼마 지나지 않아 그는 의식을 잃고 쓰러졌다.

눈을 뜬 강치는 몸 어딘가가 허전하다는 느낌을 받았다. 왼쪽 다리는 육중한 서까래에 짓이겨져 몸통에 붙어만 있었다. 키 작은 아이가 제 아버지 바지를 입어 바짓단이 땅에 질질 끌리는 모습 같았다. 불길이 모두 잡힌 뒤 강치는 벌을 받았다. 다리 하나를 잃고 폐를 다쳤는데도 저목장을 제대로 지키지 못했다는 이유로 곤장을 스무 대나 맞았다.

그런 뒤 도성에서 내쫓겼다. 아무렇게나 버려졌다. 어떻게 고향 강화로 돌아왔는지 모른다. 지팡이를 짚고 보름 넘게 걷고 걸어 집에 돌아왔다. 뱃삯이 없어 김포 포구에서 며칠 동안 뱃사공에게 손이 닳도록 사정했다. 그러면서 왜 자신이 고향으로 돌아가야 하는지 회의가 들었다. 그래도 고향에 자식들이 있으니까. 죽

은 아비의 주검을 보여 주는 것보다 산 아비의 기침 소리를 들려
주는 게 낫다 싶었다.

하지만 사는 게 사는 게 아니었다. 강치는 산송장이었다. 할 수
있는 것이라고는 기침, 그것도 매번 피를 토하는 기침이었다. 기침
은 삶과 죽음의 경계를 아슬아슬하게 넘나들었다. 강치의 삶은
점점 나락으로 떨어졌다. 살고자 하는 의욕도 죽고자 하는 체념
도 없는 상태였다. 강치에게는 아내도 자식도, 무엇보다 자기 자
신도 없었다.

"아버지! 명이는요, 명이는 어떻게 된 거냐고요?"

"보냈다고 하지 않느냐?"

그 말을 마치자마자 아버지는 기약 없는 기침을 다시 해 대기
시작했다. 삐쩍 마른 몸을 세차게 들썩이면서 몸 안에 든 분노와
절망과 억울함을 온몸으로 토해 냈다. 예전에 볼 수 없는 기침이
었다. 피는 멈출 줄 모르고 입 밖으로 튀어나왔다. 득이의 저고리
에도 아버지의 피가 묻었다. 그렇지만 득이가 할 수 있는 건 아무
것도 없다. 기침을 멈출 수 있는 건 시간뿐이다.

얼마쯤 지났을까? 진이 다 빠진 아버지는 아무렇게나 널브러
졌다. 득이는 아버지는 제대로 눕혔다.

"양인 선교사가 명이를 데려가겠다고 했다. 명이가 곧 굶어 죽
을 것 같으니 자기가 데려다가 잘 키우겠다고 했다."

"뭐라고요?"

"내가 명이를 데려가라고 했다."

"말도 안 돼요. 멀쩡한 아이를 왜 오랑캐에게, 그것도 사학쟁이 들에게 주냐고요!"

아버지는 피 묻은 수건을 입에 대고 힘겹게 말을 이었다.

"잘 먹이고 잘 키우겠다고 했어. 양인 옆에 있는 조선 사람들도 꼭 그렇게 하겠다고 약조했고."

득이는 아버지가 한 짓을 도저히 받아들일 수 없었다. 어떻게 아비가 제 딸을 남에게 보내 버리는지, 자식이 물건도 아니고 어찌 그럴 수 있는지. 명이가 흉악한 오랑캐들에게 무슨 변을 당할 지도 모르는데.

"나도 그렇고 너도 그렇고 둘 다 명이를 키울 수는 없다. 명이 가 굶어 죽는 걸 아비로서 볼 수가 없다고."

"명이가 왜 굶어 죽어요. 내가 이렇게 열심히 일하는데."

"지게꾼, 짐꾼 하며 명이를 먹이겠다고? 불 한 번 나면 모든 게 끝이야. 불 한 번 나면……."

더는 아버지의 넋두리를 들어줄 수가 없다. 득이는 방문을 열 어젖히고 집에서 나왔다. 명이가 잡혀간 곳으로 가야 한다. 사학 쟁이들이 있는 곳에 가야 한다. 갑곶에 이양선이 정박해 있으니 거기 있을 것이다. 득이는 뛰기 시작했다. 하지만 남문에 이르렀 을 때 프랑스군 병사들에게 잡히고 말았다.

"이거 놔, 놓으란 말이야."

득이가 고래고래 소리를 지르자 프랑스군 병사가 천으로 득이의 입을 틀어막았다. 그런 다음 두 손과 두 발을 줄로 묶어 버렸다. 득이가 몸을 흔들며 저항해도 소용없었다. 그들의 몸집은 씨름꾼이었던 아버지 강치만큼 컸다. 그들은 득이를 옴짝달싹하지 못하게 꽁꽁 묶어 버린 다음, 성문 안쪽으로 들고 가 던져 버렸다.

아프지 않았다. 몸이 아픈 것보다 울분 때문에 몸살이 났다. 득이는 하늘을 향해 울부짖었다. 깊은 통한이 몸 밖으로 나가지 못하고 심장으로 파고들었다.

"명이야!"

4
다시 삼랑성 동문 앞

굳은 주먹밥을 먹던 바우는 사레가 들려 캑캑댔다. 한 번 시작한 기침은 좀처럼 멈추지 않았다. 숨소리조차 조심해야 한다는 군관의 엄명은 다 글러 보였다. 그래도 바우는 묶인 두 손으로 제입을 가렸다. 손 사이로 씹히지 않은 밥알들이 쏟아져 빠져나왔다. 기침 소리와 묶여 있는 것, 둘 중 하나는 득이에게 너무 익숙하다. 묶이는 것도 낯설지만은 않다.

명이를 찾아오기 위해 성문 밖으로 나가려다 프랑스군 병사들에게 잡힌 득이는 손과 발이 묶인 채 다시 성안으로 내던져졌다. 밤새 울분을 토하다 새벽녘이 되어서야 까무룩 잠이 들었다. 동이 트자 길을 지나던 사람이 묶인 득이를 풀어 주었다. 그 길로 득이는 일단 집으로 돌아갔다. 돌아가서 생각해 봐야 했다. 어떻게 하면 양이에게 들키지 않고 갑곶에 정박한 이양선에 잠입할 수 있을지 궁리해야 했다.

집은 여전히 고요하다. 이제 명이의 재잘거림은 들리지 않는다. 득이는 아버지 방으로 들어가려다 멈칫했다. 아무리 아버지여도 보기 싫다. 자식을 내다 버린 아버지인데 아버지라 할 수 있을까. 작은방으로 들어간 득이는 방바닥에 손가락으로 지도를 그려 보았다. 양이가 지키는 성문을 통과하지 않고 갑곶까지 갈 수 있는 방법은 경계가 허술한 강화성 북문 쪽 성벽을 넘는 것이다. 이리저리 골몰하는 사이에 득이는 이상한 기운을 느꼈다. 지긋지긋한 아버지의 기침 소리가 들리지 않는 것이다. 내내 들려야 할 소리가 어느 순간 사라졌다. 득이는 얼른 일어나 건넛방으로 옮겨 갔다.

아버지는 여느 때처럼 누워 있다. 똑바로 누워 있지 않고 새우처럼 몸을 잔뜩 웅크린 채. 피 묻은 수건이 아버지의 입에 딱 붙어 있다. 득이는 아버지에게 가까이 다가갔다.

"아버지."

대답이 없다. 불러도 대답 없을 때는 많았다. 이번이 처음은 아니다. 득이는 아버지의 손에서 피 묻은 수건을 떼어 내고, 모로 누운 아버지를 똑바로 돌려놓았다. 득이의 손에 잡힌 아버지의 몸은 따뜻하지 않았다. 순간 불길한 예감이 엄습했다.

"아버지, 눈 좀 떠 보세요."

득이는 아버지의 어깨를 흔들었지만, 아버지의 몸은 나비처럼 팔랑거렸다. 득이의 가슴이 요동치기 시작했다. 득이는 제 귀를 아버지의 가슴에 댔다. 들려야 할 소리가 나지 않는다. 쿵, 심장이 땅속까지 떨어지는 소리가 났다. 3년 전 어머니가 세상을 떠났을 때 났던 소리보다 훨씬 더 컸다.

득이는 벌떡 일어나 동네 의원에게 달려갔다. 의원이 왔지만 아무 소용이 없었다. 그렇게 아버지 강치는 제 아내를 먼저 떠나보내고, 제 딸을 남에게 맡겼다. 그러더니 자신도 먼 길을 떠났다. 네 식구 중에 득이만 살아남았다는 건 당연한 일이 아니었다. 박복해도 그리 박복할 수가 없었다.

동네 사람들의 도움으로 아버지의 장례를 치렀다. 먼저 가신 어머니 곁에 아버지를 모셨다. 울퉁불퉁 자갈밭에 아무렇게나 묻힌 두 사람. 득이는 생각했다.

'나에겐 본래 부모라는 사람이 없었다.'

득이에게 바우의 기침은 아버지의 피 맺은 기침 이후 처음이다. 득이는 바우에게 다가가 바우의 등을 두드렸다. 바우가 듣기 싫어할 만한 잔소리를 덤으로 얹었다.

"천천히 먹으라고 했잖아. 사학쟁이는 사람 말도 안 듣냐? 하기야 그렇게 나라에서 믿지 말라고 따르지 말라고 해도 죽으라고 말을 안 들어 처먹으니……"

'사학쟁이, 믿지 말라, 죽으라고!' 바우는 어깨를 들썩이며 득이의 손을 뿌리쳤다. 그러더니 들릴 듯 말 듯 작은 소리로 뭐라고 중얼거렸다. 득이는 귀를 쫑긋 세워 바우가 무슨 말을 하는지 들으려고 했다. 득이가 가까이 다가오자 바우는 조금 전처럼 어깨를 들썩이며 득이를 밀어냈다.

"쳇, 중얼거리면서 내게 저주라도 퍼붓는 거냐? 나 잘못되라고? 죽으라고? 배고프다 해서 귀한 주먹밥 나눠 줬더니 물에 빠진 사람 보따리 내놓으라는 격이네. 저리 꺼져."

득이는 땅에 쌓인 낙엽을 발로 차 버렸다. 바우 앞으로 낙엽과 함께 흙먼지가 날아왔다. 바우는 눈을 꼭 감고 다시 뭐라고 더 중얼거렸다. 그러는 때에 성안 군영에 갔던 장 나졸이 돌아왔다.

"전쟁을 허는디 군량미가 뭐 그리 부족한지 모르겠네. 병사들을 든든하게 멕여야 힘을 내서 싸울 거 아녀. 대원위 합하께서는 군사들에게 잘 싸우라고 독려해 놓으시고, 군량미는 뭐 그리 쥐똥만큼 주신 건지. 이래 가지고 워디 양이 놈들과 제대로 한판 싸우겄어. 밥 한 바가지를 먹어도 시원치 않은디, 아주 개갈 안 나는구면. 에이!"

장 나졸의 입에서 누런 가래침이 튀어나왔다.

"나리, 일이 잘 안 되었습니까요?"

장 나졸은 눈을 희번덕이며 득이의 말을 받았다.

"그러니까 내 말이, 출정할 때 가져온 군량미를 중간에서 분명히 누군가 곶감 빼먹듯 야금야금 빼먹었단 말이여. 안 그러고서 야 어찌 누룽지조차 없다 하겠어. 확실혀, 겁이 아주 배 밖으로 나온 놈이 중간에서 그냥."

장 나졸은 빈손을 제 입에 가져가며 꿀꺽 삼키는 시늉을 했다. 득이의 눈에는 그런 장 나졸이 너무나 탐욕스러워 보였다. 나라 곳간을 모조리 차지하여 제 배만 불린 안동 김씨 가문 못지않아 보였다. 양반이나 상놈이나 곳간 앞에는 장사 없다. 요리조리 머리 굴려 약삭빠르게 곳간을 차지하는 놈이 임자인 세상이다.

"나 없는 동안 별일 없었고?"

별일이 없지는 않았다. 득이는 빼앗긴 명이를 되찾기 위해 전의를 불태웠고, 돌아가신 아버지와 어머니를 떠올렸다. 배고픈 바우가 불쌍해 보여서 제 주먹밥을 건네줬다. 자갈같이 굳은 주먹밥을 먹던 바우는 사레가 들려 절대 해서는 안 될 기침을 해 댔다. 득이가 등을 두드려 주었지만 돌아오는 것은 저주였다.

"별일이야 있겠습니까? 그나저나 양이 놈들이 쳐들어오긴 한답니까? 성안에서 들으신 말은 없습니까요?"

"들은 말이 있긴 뭐가 있어. 보초 놈들은 꾸벅꾸벅 졸고 있더만. 아무튼 우리를 이리 위험한 곳에 매복시켜 놓고 지들은 편하게 앉아 있다니께. 내 이번 일 잘 성사시켜서 포도청 포졸 되면 저 녀석들 싸그리 다 물고 낼 테니 두고 봐. 시방 내가 나졸 나부랭이니께 이리 무시하는 거여. 이래 뵈도 내가 보령 갈매못 수군 진영에서는 잘나가는 나졸이었다니께. 지들이 개뿔 뭘 알었어. 그리고 황해도에서 온 포수들 있잖여. 맨 사슴, 토끼, 꿩이나 사냥하러 다니는 잡것들이 뭔 놈의 양이를 잡겠다고 설쳐 대는지 모르겄어. 그러고 보니께 저 포수덜이 군량미 다 잡아먹은 거 아녀? 덕포진에서 배 타고 바다 건널 때부터 밥 달라고 아우성쳤잖여. 밥 안 주면 못 건너간다고. 아무튼 인상은 더럽게들 생겨 가지고 아주 밥벌레들이여, 밥벌레!"

장 나졸은 묻지도 않은 말을 잘도 지껄였다. 지금 적을 기습하기 위해 은밀히 매복하고 있다는 사실조차 잊은 듯했다.

"그란디 저 녀석하고 말은 섞어 봤는겨?"

뜻밖의 질문이었다.

"아, 네."

장 나졸이 없는 동안 득이와 바우가 나눈 대화는 대화라고 보기 어려웠다. 득이는 바우를 사학쟁이라며 비꼬았고, 바우는 그런 득이를 향해 "네가 뭔데, 네가 뭔데" 하며 울부짖었다.

"그려. 얼추 비슷한 또래니께 말을 섞긴 했구먼."

"그게 말을 섞었다기보다 쟤가 그냥 울더라고요."

"울어? 여직 기운이 남아도는구먼. 저놈도 사람이니께 입이 뚫렸으니께 말을 못하는 건 아녀. 사학 버릴 거여, 안 버릴 거여 물으면 단박에 안 버릴 거여 하고 똑 부러지게 답하니께. 거참, 쬐깐한 놈이 고집은 쇠심줄처럼 질기다니께. 지 애비 에미 빼닮았으니 오죽 허겄어. 아무튼 참으로 질긴 놈이여, 고집도 그렇고, 목숨 줄도 그렇고."

득이가 바우에 대해 아는 건 '바우'라는 이름과 '사학쟁이'라는 것뿐이다. 성씨도 모르고 고향도 모른다. 어쩌다가 장 나졸에게 묶여 끌려다니는 건지도 모른다. 말을 붙여도 대답하지 않는다. 자기보다 한참이나 어려 보이는 놈이 감히 만만하게 굴려고 한다. 득이가 슬며시 장 나졸에게 물었다.

"저 녀석 고향은 어딥니까?"

"고향? 저어기 아랫동네. 그러니께 충청도 당진이여. 나는 당진 밑에 있는 예산이고. 예산 하면 말이여, 선비의 고장 아니겄는가? 훌륭한 양반네가 많이 나왔지. 예산에 비해 당진은 말이여, 거참 씨잘떼기 없는 동네란 말이지. 그냥 뭐 고기나 잡는 상것들 마을이여. 그러니께 거기서 사학쟁이가 그렇게 많이 쏟아져 나온 거여. 양반들 싫다 하고, 나라님도 싫다 하고. 시상에 지들이 으뜸으로 잘났다고 근본 없이 설쳐 대는 거여. 하지 말라면 하지 말아야지. 나라에서 금하는 걸 몰래몰래 쥐새끼들처럼 모여 가지고 무슨 작당을 하난 말이여. 싸그리 다 잡아 족쳐야 혀."

장 나졸은 칼처럼 세운 오른손으로 왼쪽 손바닥을 내리쳤다.

"그런데 왜 저 녀석을 끌고 다니십니까?"

"하아, 나도 귀찮아 죽겠다니께. 허지만 내가 출세를 하려면 저 놈이 반드시 필요혀."

득이 옆으로 장 나졸이 다가왔다. 득이는 짐짓 놀라 몸을 뒤로 뺐다. 장 나졸은 웅크려 있는 바우를 힐끗 바라보더니 득이에게 더 가까이 다가갔다.

"아까도 말했잖여. 장차 내가 포도청 포졸이 될 거라고. 어떻게 변방의 나졸이 한양 좌우포도청의 포졸이 될 수 있느냔 말이여. 뒷배도 없고 가진 재물도 하나 없는데 말이여."

득이가 장 나졸에게 몸을 기울였다. 저도 모르게 장 나졸의 이야기에 점점 빨려 들어갔다.

"살아남은 사학 우두머리를 내 손으로 잡으면 되는 거여."

"네?"

"너는 아는지 모르겠네. 지난 정월에 대원위 합하께서 사학쟁이들을 모조리 잡아들이라고 명을 내리셨잖여. 사학 최고 우두머리부터 시작해서 선교사 아홉 놈이 줄줄이 잡혀 왔지. 그중에 안돈이(다블뤼) 주교라는 사학 수괴를 잡아들이는 데 내가 아주 혁혁한 공을 세운 거여. 그 안 주교라는 자가 당진에 숨어들어 있었거든. 내가 아니었으면 안가 놈을 비롯해 지들끼리 '신부'라고 부르는 오가 놈(오메르트 신부)과 민가 놈(위앵 신부)을 영영 못 잡았을 거여. 그 세 놈이 관아에 잡힌 건 모두 다 내 덕이라고. 아암."

득이로서는 처음 듣는 이야기였다. 한양에서 오랑캐 사학쟁이들이 칼을 맞았다는 이야기를 듣기는 했어도, 그 자세한 내용을 들은 건 처음이었다. 장 나졸의 이야기는 생각보다 맛깔났다.

"그래서요?"

"사학쟁이들 주리 틀고 두들겨 패고 허니께 태평소 불듯 술술 불더라고. 저놈처럼 고집 센 사학쟁이만 있는 건 아녀. 지 목숨이 당장 달아날 것 같으니께 몇 대 맞더니 아이고 살려 줍쇼, 이러는 거여. 사람이란 참말로 간사한 짐승이여. 곧 죽어도 천주님을 저 버릴 수 없다고 한 지가 어젠디, 오늘 딱 매질 당하고 나면 싹 돌변하는 거여. 때에 따라 양반 가면, 상놈 가면 바꿔 쓰는 장터의 광대쟁이들처럼 말이여. 허기사 처자식도 있고 살아야 할 날이 많잖여. 목 달아나 죽으면 사학이 뭔 소용이관디. 그깟 천주가 밥 먹여 준당가."

장 나졸은 늘 이런 식으로 말한다. 한참 밥을 먹다 똥을 싸고, 똥을 싸다 밥을 먹는 식이다. 그러나 밥 먹기를 멈추지는 않는다. 어떻게든 끝까지 먹어서 밥그릇을 깔끔하게 비워 낸다. 그게 그가 살아가는 방법이다. 길고 얇게 살지언정 출세를 향해 무섭게 내달린다. 허풍쟁이인 듯 만만하게 보여도 속은 욕망덩어리로 가득하다. 함부로 대하거나 무심코 지나칠 사람이 결코 아니다.

"뭐…… 천주란 귀신이 밥을 먹게 해 준다고는 허지. 뭣을 먹을까 뭣을 입을까 뭣을 마실까 염려하지 말라고 한다지. 천주란 귀신이 다 먹여 주고 입혀 주고 마시게 해 준다나 뭐라나. 흐흐, 미친놈들이여."

'사학쟁이들은 밥 안 먹고 산다며?' 아까 득이가 바우에게 한 말은 틀린 말이 아니었다.

"천주란 귀신이 어떻게 먹여 주고 입혀 주고 마시게 해 준답니까?"

"그러니께 말이여, 그게 저놈들 사학쟁이들의 개수작이여. 생각혀 봐. 날마다 입에 풀칠하는 상것들이 그 말 들으면 혹하지 않겠어? 회까닥하지 않겠냐고. 가만히 앉아 천주님, 천주님 하고 비오는 날 중놈맨키로 중얼중얼 대기만 하면, 쌀이 나오고 밥이 나오고 옷이 나온다는데 솔깃하지 않겠냐고."

득이가 고개를 끄덕이며 맞장구를 쳐주었다.

"게다가 천주라는 귀신 아래서는 양반이고 상놈이고 천것이고 다 같다잖여. 고것이 말이 되냔 말이여. 시상에는 하늘과 땅이 있고, 임금과 신하가 있고, 아비와 자식이 있고, 상전과 아랫것이 있는 법이잖여. 그래야 시상이 물레방아처럼 뱅글뱅글 잘도 돌아갈 것 아녀. 그란디 모두 다 같다고? 고결한 양반네와 소 돼지 잡는 백정놈이 어떻게 같아. 참말로 천벌 받을 놈들이여."

조선은 성리학의 나라다. 만백성의 아버지인 임금이 가장 꼭대기에 앉아 있다. 그 밑에는 임금을 떠받드는 신하들이 머리를 조아리고 있다. 그들은 군위신강, 임금과 신하 사이에 마땅히 지켜야 할 도리로 성리학의 고고한 가치를 실현하는 자들이다. 군신유의, 임금과 신하 사이에는 의로움이 있어야 한다. 임금과 신하뿐 아니라 아버지와 자식 사이에도 도리가 있다, 부위자강. 아버지와 자식 사이에는 친함도 있어야 한다, 부자유친. 지아비와 지어미 사이에 지켜야 할 도리는 부위부강이요, 그 둘 사이에 구별도 있어야 한다. 곧 부부유별이다. 어른과 아이 사이에는 질서, 즉 장유유서가 있어야 세상이 올바로 굴러간다. 친구 사이에는 붕우유신이라는 신의가 있어야 한다. 이 삼강오륜을 잘 실천해야 나라는 반석 위에 설 수 있다. 조선 사람이라면 누구나 알아야 하는 법도다.

그런데 득이는 다르게 생각했다. 아버지 강치와 자신 사이에 도리가 있었을까? 아니 아버지는 아버지의 도리를 다했을까? 아버지와 자신 사이에 친함이 있었을까? 공자 왈 맹자 왈 입으로만 나불거린 말들, 이젠 다 소용없다.

"내 이야기 듣는 거여? 정신을 어데다 두고 있는 거여."

잠시 아버지 생각에 빠진 득이를 장 나졸이 나무랐다. 둥글둥글한 것 같은데 의외로 날카롭다. 장 나졸은 바우를 왜 오랏줄에 묶어 끌고 다니는지 아직도 이야기하지 않았다. 아마도 밤새워 제 이야기를 할 모양이다.

"이놈아, 어른이 말씀허시니 귀담아들어야지. 음, 어디까지 얘기했더라…… 그려, 사학쟁이들은 지들이나 임금님이나 양반네들을 다 똑같은 사람으로 여긴다 했지. 그러니께 그게 반역이여. 반역도 그냥 반역이 아니라 나라를 뒤집을 대역죄라고. 역적질을 허면서 지들은 역적이 아니라고 도리질하는 거여. 그냥 천주님을 믿는 것이니 죄가 없다고 하는 거여. 그게 말이여 방구여. 임금을 배반하고 나라의 질서를 어지럽히는데 어느 누가 가만히 있었어. 당연히 칼로 무 베어 버리듯 단칼에 잘라 버려야지. 대원위 합하께서 정말 현명한 결정을 하신 거여."

득이는 고개를 갸웃거렸다. 대원위 합하는 임금의 아버지다. 그런데 임금의 아버지는 임금이 아니다. 아버지가 임금이어야 그 아들이 임금이 되는데, 아버지가 임금이 아닌데도 그 아들은 임금이다. 심지어 임금은 임금이 되려고 제 어머니를 바꾸었다. 낳아 준 어머니는 더는 어머니가 아니다. 임금은 새어머니인 대왕대비 조 씨의 양아들이 되었다. 대왕대비의 남편은 임금이 될 세자였지만 임금이 되기 전에 세상을 떠났다. 여덟 살밖에 되지 않은 그의 아들이 임금이 되었건만, 임금이 된 지 15년 만에 저세상으로 떠났다.

그 뒤 득이가 사는 강화에서 농사짓는 도령이 갑자기 임금으로 발탁되었다. 그 도령의 할아버지 은언군은 아내, 며느리와 함께 대역죄인으로 죽임을 당했다. 사학을 신봉했기 때문이다. 임금이 된 강화 도령은 허수아비였다. 삼정이 문란해지고 곳곳에서 민란이 일어났다. 부인이 여덟이나 있었지만 후사가 없었다. 허수아비 임금 밑에서 안동 김씨 가문은 자기 곳간을 넘치도록 채웠다. 터진 배를 사랑스럽게 쓰다듬으며 백성의 고혈을 짜내고 또 짜냈다.

강화 도령은 서른세 살에 붕어했다. 어디부터 손대야 할지 모르게 뒤죽박죽이 된 왕실 계보에 흥선대원군 이하응이 합세했다. 자신의 둘째 아들을 왕위에 앉히고 섭정하기 시작했다. 임금이 있되 임금이 없는 나라, 임금의 아버지가 임금이 아닌 나라, 임금이 아닌 임금의 아버지가 임금 행세를 하는 나라. 지금 조선은 그런 나라다. 성리학은 개에게도 줘 버릴 수 없는 곰팡이투성이 수라상이 되었다.

득이는 장터에서 들은 나라님 험담이 생각나, 장 나졸 입에서 나온 '대원위 합하'라는 말에 치를 떨었다. 불탄 서까래에 깔려 다리를 잃은 가여운 백성에게 죄를 물어 곤장을 친 사람이 합하다. 합하에게 바우 아버지 같은 상것은 하찮은 존재다. 제 아들이 기거할 집을 어떻게 하면 크고 멋지게 지을지에만 관심이 있다. 어쩌면 임금이 된 아들보다 임금 같은 자신을 더 임금처럼 여기는지도 모른다.

장 나졸의 이야기는 끝날 것 같지 않다. 득이는 슬며시 바우를 바라보았다.

'저 녀석은 도대체 무슨 생각을 하고 있는 거야?'

5
바우

뱃일을 끝낸 바우의 아버지 조 서방이 밤이 깊도록 돌아오지 않고 있다. 바우는 어머니 김마리아와 기도하는 중에 자꾸 마음이 어지러웠다. 기도하는 바우의 목소리가 점점 작아지더니 어느새 들리지 않았다.

"바우야."

어머니가 눈을 지그시 뜨고 바우를 바라보았다. 바우의 눈이 촛불에 가 있었다. 어머니가 다시 바우를 부르자, 그제야 바우가 어머니를 향해 얼굴을 들었다.

"무슨 생각을 하고 있니?"

"아버지 오실 때가 한참 지나서요."

"오실 때 되면 오시겠지. 기도 마저 하자꾸나."

어머니가 다시 눈을 감았다. 바우는 다시 눈을 감고 기도에 집

중할 수 없었다. 오늘따라 촛불 끝이 심상치 않다. 창호지를 뚫고 들어온 바람에 따라 파도처럼 춤추듯 일렁거린다. 갈피를 잡지 못하는 바우의 불안한 마음 같다.

어쨌든 기도가 끝났다. 어머니가 기도 책이 놓인 소반을 치우고 바우 앞에 앉았다.

"마음과 정성을 다해서 기도해야지. 무엇 때문에 그리 마음이 어지럽니?"

바우는 잠시 망설이다가 머쓱한 얼굴로 말을 꺼냈다.

"어제 꿈자리가 뒤숭숭했어요."

"무슨 꿈을 꾸었는데."

"집채만 한 파도가 아버지가 탄 배를 덮쳤어요. 저도 그 배에 같이 있었는데, 아버지가 그만 바다에 빠지고 말았어요. 아버지는 물속에서 허우적거리면서 제게 당부하셨어요. '계속 노를 저어 가라. 결코 노를 놓쳐서는 안 돼. 끝까지 노를 잡고 있어.' 그러더니 그만 물속으로 사라져 버리셨어요. 저는 너무 놀라서 아버지 이름을 부르며 꿈에서 깨어났어요."

어머니가 바우의 손을 살포시 잡았다. 따뜻하고 보드라운 손이었다.

"우리 바우가 요즘 두려움을 많이 느끼는구나. 세상이 이러니 그럴 수밖에. 마음을 편히 가지렴. 아버지에겐 별일 없을 거야. 우리에게도, 우리 천주 교우들에게도, 우리 신부님들에게도."

"그렇지만 벌써 많이 잡혀갔잖아요. 잡혀가서 돌아오시지 않았잖아요."

바우는 갈매못에서 순교한 다블뤼 주교와의 마지막 만남을 떠올렸다.

그날 바우의 어머니는 바우에게 심부름을 시켰다. 다블뤼 주교에게 말린 가자미를 가져다주라는 것이었다. 바우는 흡족한 표정을 지으며 큰 소리로 네, 하고 대답했다. 한걸음에 다블뤼 주교가 사는 집에 도착한 바우는 주교를 나지막이 불렀다.

"나으리, 계십니까요."

'주교님'이라고 불러서는 절대 안 된다. 집 밖에는 눈과 귀가 많다. 늘상 말을 조심해야 한다.

방문이 빼꼼 열렸다. 방 안에서 작은 목소리가 새어 나왔다. 바우는 그 소리를 따라 안으로 들어갔다.

"바우 왔느냐?"

바우는 다블뤼 주교의 눈가에 맺힌 웃음을 좋아한다. 언제나 인자하고 나긋나긋하고 마음 편하게 하는 웃음이다. 바우는 손에 든 말린 가자미를 망설임 없이 주교에게 내밀었다.

"요즘 주교님께서 입맛이 떨어진 것 같다며 어머니가 갖다 드리라고 했어요."

"말린 가자미로구나. 이 귀한 걸."

조선에 들어온 지 어언 20년, 조선말을 조선 사람 뺨치듯 잘하고 조선의 문화를 누구보다 잘 알지만, 조선의 음식은 아직 낯설다. 그런 그를 안쓰럽게 여긴 교우들이 그에게 종종 음식을 보냈다. 주교는 가자미를 방 한편에 있는 바구니 안에 넣었다. 그러더니 서책 한 권을 꺼내 들었다.

"마침 잘 왔다. 네게 물어볼 말이 있었거든."

"네?"

주교는 조선의 언어와 풍속에 관심이 많다. 어떻게 하면 서양 종교인 천주교를 조선 사람들에게 맞게 전할 수 있을까 고민했다. 그는 라틴어로 된 교리서를 조선말로 옮기는 일에 매달리고 있었다.

"바우야, 조선 사람들은 명절에 부침개를 부쳐 먹지 않더냐?"

"네, 그렇죠."

"부침개를 부칠 때는 뭔가를 잔뜩 넣고 뒤섞은 다음 부치지?"

"맞아요. 어머니 말로는 부침개 만들 때 속을 많이 넣어야 제맛이라고 했어요."

"음 그렇지. 그런데 속 빈 부침개는 없느냐?"

바우는 눈만 껌뻑거렸다. 부침개라면 뭐든 속이 들어 있다. 속 없는 부침개는 무슨 맛일까 싶다. 딸이 없는 바우네 집에서 바우는 어머니의 집안일을 곧잘 돕곤 하는데, 어머니가 속 빈 부침개 만드는 걸 본 적은 없다. 바우가 모르겠다는 듯 고개를 저었다.

그러자 주교는 바우 앞으로 조금 다가왔다.

"생각해 보렴. 조선말에 속 빈 부침개가 없는지, 아니면 속 빈 과자가 없는지 말이다."

과자라는 말에 바우는 옆집 혼례 때 먹은 강정이 생각났다. 하지만 강정은 겉이나 속 모두 딱딱하다. 강정 속이 비어 있을 리가 없다. 달콤한 약과를 떠올려 보았지만, 그것 역시 강정과 마찬가지이다.

"제가 먹어 본 과자 중에 속이 빈 것은 없었어요."

"내가 어린아이에게 괜한 것을 물어보았구나. 어머니에게 가자미 잘 먹겠다고 전하려무나."

주교는 바우에게 내민 서책을 거두어들이며 바우를 배웅하려고 몸을 일으켰다. 그 순간 바우의 눈이 반짝거렸다.

"부꾸미요. 부꾸미라고 있어요."

"부꾸미?"

"네, 부꾸미라고 찹쌀가루로 반죽해서 만드는 떡이 있어요. 둥글넓적하게 빚은 다음에 솥뚜껑에 지지는 걸 본 적이 있어요."

"오호라, 부꾸미라. 부침개와 다른 맛이더냐? 그 속에는 아무것도 넣지 않고?"

연이은 주교의 질문에 바우는 조금 당황했다. 그러나 곧 마른침을 꿀꺽 삼키고 대답했다.

"부침개는 기름진 맛인데, 부꾸미는 좀 맹숭맹숭한 맛이에요.

밤이나 팥이 든 걸 먹은 적도 있고, 아무것도 안 든 걸 먹은 적도 있어요."

"음……."

주교는 자신의 긴 턱수염을 가만히 쓸어내렸다. 그러더니 글자가 없는 서책의 빈자리에 한글로 '부끄미'라고 썼다. 바우는 조선 백성의 글자를 쓰는 프랑스 사람의 손끝을 바라보았다. 멀고 먼 나라에서 온 파란 눈의 이방인이 조선말을 하고 조선 글자를 쓴다는 것은 언제 봐도 신기한 일이다. 이제 겨우 '가갸거겨' 떼고 '조바우' 제 이름 석 자 쓸 줄 아는 자신에 비하면, 하늘과 땅 차이다.

"이렇게 쓰는 게 맞느냐?"

주교가 쓴 글자를 유심히 살피던 바우가 고개를 갸웃거렸다.

"주교님, 두 번째 글자가 '끄' 맞나요?"

"그래, '끄'다."

"저는 '끄'가 아니라 '꾸'라고 들었습니다. 부꾸미요."

"그래, 꾸구나. 밑으로 한 획을 더 그어야겠네. 바우 네가 그어 보렴."

"제가요?"

주교는 말없이 고개를 끄덕였다. 바우의 떨리는 손에 주교가 붓을 쥐여 주었다. 바우의 얼굴이 잘 익은 앵두처럼 금세 달아올랐다. 붓을 잡고 정식으로 글씨를 써 보기는 처음이다. 바우가 쭈

뻿거리며 망설이자, 주교가 환하게 웃으며 어서 써 보라는 듯 등을 토닥여 주었다. 주교의 격려에 바우가 용기를 내었다. 그저 획 하나 아래로 긋는 쉬운 일인데 가슴이 콩콩 뛰었다.

마침내 먹물을 머금은 붓이 흰 종이에 닿았다. 먹물이 종이 결을 타고 서서히 번져 나갔다. 아래로 향해야 할 바우의 손은 그대로 멈췄다. 먹물을 빨아들인 종이가 점점 오그라들었다. 바우는 화들짝 놀라 종이에서 붓을 뗐다. 바우의 얼굴에 걱정이 한가득 묻어났다.

"어떡해요. 이 귀한 종이를."

"괜찮다."

"그래도······."

"종이야 또 구하면 되지 않느냐. 이왕 이렇게 되었으니 새 종이에 '부꾸미' 세 글자를 바우 네가 모두 써 보려무나."

엎친 데 덮친 격이었다. 바우가 거절할 틈이 없이 주교는 새 종이를 바우 앞에 내밀었다. 그러고는 바우 옆으로 다가와 바우의 오른손을 가볍게 잡았다.

"손에 힘을 빼야 글씨가 잘 써진단다. 몸에 힘을 잔뜩 주고 글씨를 쓰면 글씨가 돌덩이처럼 굳어 버리지. 굳는 건 죽은 것과 같단다. 글씨는 살아 있어야 해. 그래야 사람들의 머리와 가슴 속에 들어갈 수 있거든."

살아 있는 글씨. 바우에게 언문(한글)을 가르쳐 준 사람은 교우

대표인 전교 회장이었다. 그는 진서(한문)를 죽은 글자라고 했다. 모양이 화려하고 근엄하지만, 그 안에 조선 사람의 얼과 뜻을 제대로 담을 수 없다고 했다. 바우는 다시 붓에 먹물을 입혔다. 숨을 깊이 들이마신 후 주교의 손길을 따라 비읍부터 차례로 써 내려갔다. '부' 하나가 완성되었다. 바우의 이마에 땀방울이 송골송골 맺혔다. 주교는 바우의 손에서 슬며시 제 손을 떼었다.

"나머지는 네가 마무리 지으렴."

바우는 붓끝에 마음을 모았다. 다시 숨을 고른 뒤 나머지 글자를 힘겹게 썼다. 다 쓰고 나자 가슴 한구석이 뻥 뚫린 듯 시원했다. 주교는 바우의 글씨가 새겨진 종이를 번쩍 들어 올렸다.

"글씨가 갓 잡아 올린 물고기처럼 펄떡펄떡 살아 있구나. 바우 너처럼."

살아 있다는 주교의 말이 바우의 가슴에 꼭 들어박혔다. 그 누구에게서도 들어 본 적 없는 말이다. 열두 살 어린 나이인데도 사람으로서 살아 있음을 느끼게 하는 말이었다. 하지만 그 인자하고 살가운 주교가 이젠 있어야 할 곳, 머물러야 할 곳에 없다.

"주교님은 하늘나라에 가 계시겠죠?"

어머니 김마리아가 바우를 꼬옥 끌어안았다. 어머니의 눈에 눈물이 그렁그렁거렸다.

"바우야, 김대건 신부님께서 순교하기 전에 하신 말씀 알고 있지? 군난寶難 때에 서로 우애 잊지 말고 주님께서 우리를 불쌍히 여기시니 환난을 걷기까지 기다리라는 말씀. 하늘나라에 가서 다시 만나자는 말씀. 크나큰 시련이 우리를 가로막아 힘들고 어려워도 우리는 꼭 이겨 낼 거야. 기도하고 선행을 베풀면 어떤 고난도 능히 헤쳐 나갈 수 있거든."

어머니의 말이 바우의 귀에 다 들어오지 않았다. 다블뤼 주교만큼 기도하고 선행을 베푼 사람이 있을까? 주교는 칼을 차고 총을 든 채 낯선 땅 조선에 들어온 게 아니다. 서책 몇 권, 십자가, 성상 몇 개 들고 상복을 입은 채 온 조선 땅을 돌아다녔다. 포도청에 잡혀갈 때도 민 신부와 오 신부를 설득해 자진해서 나아갔다. 수많은 신자에게 죽음이 도사리는 걸 막으려는 처사였다. 그런데 이 순간 바우는 환난이 두렵고 죽음이 무섭다. 막히어 어렵다는 뜻의 군난을 어떻게든 피하고 싶다.

닫혀 있던 방문이 열렸다. 바우의 아버지 조 서방이 얼굴을 내밀었다.

"아버지!"

아들을 대하는 조 서방의 표정이 밝지 않다. 방 안에 들어온 조 서방은 다시 방문을 열고 밖을 내다봤다. 누군가 자신을 따라온 건 아닌지 확인하려는 것이었다. 야무진 눈매로 밖을 살피던 조 서방이 비로소 방문을 굳게 닫았다.

아버지가 꺼낸 첫마디에 바우는 눈을 크게 떴다.

"이복명 신부님을 만나고 오는 길이네."

평소 침착한 어머니도 매우 놀랐다.

"신부님 행색이 말이 아니더군. 안 주교님 잡혀가고 돌아가신 뒤로 내내 숨어만 지내셨으니 오죽하겠어. 밥도 제대로 못 드셔서 얼굴이 아예 반쪽이 되어 버렸더라고."

어머니가 가슴을 쓸어내리며 안도했다.

"살아 계셨군요, 하느님 아버지!"

"목소리를 좀 낮추게."

아버지의 미간이 잔뜩 좁혀졌다.

"이 신부님은 조선에서 탈출해야 한다고 하셨어. 청나라에 불랑국(프랑스) 함대가 와 있다더군. 신부님은 불랑국에 구원을 요청해야 우리 교우들을 살릴 수 있다고 했어."

바우가 아버지의 말에 끼어들었다.

"우리를 살릴 수 있다고요?"

"음. 불랑국이 우리 조선보다 강하니까 그들 힘을 빌리면 군난을 피할 수 있다고 하더군."

"여기서 탈출하는 게 말처럼 쉬울까요? 곳곳에서 포교와 나졸들이 감시하고 있는데요."

"자네 말이 맞네. 탈출이 쉬운 게 아니지. 하지만 이대로 가만히 있을 수만은 없잖나? 이러다가 우리 교우 모두 죽을 거야. 이 잡듯이 잡아들여서 죄다 목을 칠 거라고."

바우의 얼굴이 금세 울상이 되었다. 그런 바우를 본 어머니가 아버지를 말렸다.

"아무튼 나는 이 신부님을 청나라까지 잘 모셔 가기로 했네."

"뭐라고요? 아버지가 왜요?"

"나만큼 뱃길 잘 아는 노꾼(뱃사공)이 어디 있어. 우리 동리에서 뱃길 하면 나 조 서방인데."

잠자코 듣던 어머니가 나섰다.

"꼭 가야만 해요? 다른 노꾼도 있잖아요."

"그동안 우리가 안 주교님과 신부님들께 얼마나 많이 신세를 졌는지 생각해 보오. 그분들이 그렇게 허망하게 세상을 떠나셨는데 내가 사람 된 도리는 해야 하지 않겠소. 게다가 우리가 함께 살려면 누군가 그 일을 해야 하오. 이미 결심했소."

침묵이 흘렀다. 켜 놓은 초는 이제 손가락 한 마디밖에 남지 않았다. 촛불 끝은 아까보다 더 이지러졌다. 흔들리는 촛불을 따라 바우의 마음도 널뛰었다.

'아버지가 안 계시면, 아버지가 이 신부님을 따라가면 어머니와 나는 어떡하지? 나졸들이 집에 들이닥치면 누가 우릴 막아 주지? 청나라로 가는 길에 심한 풍랑이라도 만나면? 이 신부님과 함께 가다가 군졸들이 몽둥이를 들고 쫓아오면?'

생각이 이쯤에 이르자, 바우는 아버지를 막아야겠다고 생각했다.

"아버지, 안 가시면 안 돼요?"

아버지 조 서방이 바우의 머리를 쓰다듬었다.

"바우야, 이 세상에서 가장 중요한 게 뭐냐? 이 아비는 사는 거라고 생각한다. 그것도 사람답게 사는 거. 세상에 태어나 천주님을 만난 뒤로 아비는 사람답게 사는 법을 배웠다. 임금이니 신하니, 양반이니 상놈이니, 부자니 가난하니 다 따지지 않으면서 사람을 사람으로 대하고 사람을 하늘처럼 위하는 걸 배웠다. 나는 우리 바우가 앞으로도 그런 세상에서 살길 바란다. 그래서 신부님을 모시려고 하는 거란다. 알아듣겠니?"

어머니의 말처럼 아버지의 말도 바우의 두려움을 씻어 내지 못했다. 지금까지 해 온 것처럼 아버지가 우람한 바위처럼 자신을 지켜 주면 좋겠다. 화약을 지고 불속으로 달려들지 않으면 좋겠다. 제 몸이 빤히 델 줄 알면서도 불길로 날아드는 불나방이 되지 않기를 바랐다. 그런데 아버지는 요지부동이다. 마음이 흔들리지 않는다.

"내일 밤이요."

왜 이리 급할까? 쇠뿔도 단김에 빼는 아버지의 성정에 바우는 헉 소리조차 내지 못했다.

"내가 내일 떠나면, 홍성 결성현 옹기촌에 가 있으시오. 예전에 알던 교우들이 거기서 옹기를 굽고 있을 테니 자네와 바우를 기꺼이 받아 줄 거요. 갔다 오는 데 석 달이면 충분할 듯하니, 불편

하더라도 거기서 지내고 있구려. 아무 일 없을 거요. 무탈하게 잘 다녀오리다. 어찌 알겠소, 석 달 뒤면 완전히 새로운 세상이 열릴 지. 걱정 말고 몸 잘 간수하구려."

아버지는 다시 바우의 머리를 쓰다듬으며 부탁했다.

"어머니를 잘 돌봐야 한다. 네 나이 이제 열둘이다. 네 몸 하나 쯤 거뜬히 건사할 만한 나이다. 그러니 어머니 잘 보살펴 드려라. 네 이름이 바위이자 베드로인 거 잊지 말아라."

야속하다. 끝내 식구들을 두고 가려고 하신다. 아버지는 마지 막까지 미안하다는 말을 남기지 않았다. 전쟁터에 나가는 장수처 럼 입을 꾹 다문 모습이 비장하기 그지없었다.

다음 날 밤 자시(밤 11시~새벽 1시)가 지나 축시(새벽 1시~3시)에 이를 때쯤, 아버지는 홀연히 집을 떠났다. 아버지의 뱃길을 환히 비춰 줄 달빛 따위는 없었다. 아버지가 떠나자마자 바우와 어머 니도 집을 떠났다. 고난의 시작이었다.

6

기도해야 한다

옹기촌 교우들은 바우와 어머니를 제 식구처럼 받아 주었다. 일을 마친 저녁이 되면 그들은 함께 모여 기도를 드렸다.

"감사하나이다. 천주여, 이 밤에 평안케 하시고, 다행히 죄를 짓지 않게 하시고, 오늘 밤까지 생명을 늘려 주심이로소이다. 오늘 밤에 나로 하여금 미혹하여 죄에 떨어지지 말게 하소서."

그들은 소리 죽여 기도하지 않는다. 옹기촌은 깊은 골짜기에 자리 잡고 있어 인적이 매우 드물다. 옹기를 사기 위해 이곳까지 오는 사람은 없다. 달포에 한 번쯤 옹기촌 교우 한 명이 옹기를 지고 읍내 장터에 간다. 더욱이 옹기장이는 사람들에게 손가락질 받는 천민이다. 관헌들이 사학쟁이를 색출하기 위해 이곳까지 오지도 않는다. 그래서 그들이 남몰래 모여 사학을 신봉하고 있으리라곤 상상도 하지 않는다. 옹기촌은 선교사와 신자 들이 몸을 피할 수 있는 천혜의 요새이긴 하지만, 오래 머물러 있을 곳은 아니다. 뭐든 꼬리가 길면 반드시 밟히기 마련이니까.

편안히 앉아 교우들이 주는 밥을 거저먹을 수는 없다. 바우와 어머니는 옹기촌의 허드렛일을 맡았다. 바우는 옹기 빚을 흙을 부지런히 실어 날랐다. 바우의 작은 몸이 흙더미에 깔릴 뻔한 적이 여럿 있었다. 그래도 바우는 견뎌 내었다. 아버지를 만날 날을 손꼽아 기다렸다. 바우의 어머니는 일꾼들의 옷을 빨았다. 진흙이 잔뜩 묻은 옷을 빨기란 쉽지 않았다. 우물이나 개울이 없는 산골이라서 계곡까지 빨랫감을 이고 가야 했다. 계곡을 오가는 고달픈 길에 어머니는 항상 기도를 했다. 남편이 살아 있기를, 살아서 무사히 돌아오기를 빌고 또 빌었다.

길게 느껴지던 석 달이 금세 지나갔다. 바우와 어머니는 옹기촌 교우들에게 고맙다는 인사를 여러 번 건넨 뒤 옹기촌에서 내려왔다. 집으로 돌아가는 내내 바우는 설렜다. 드디어 아버지를 만나게 된다는 기대에 가슴이 뛰었다. 예전처럼 평화로울 것이다, 아무 일 없는 듯 무탈하게 살아갈 것이다. 그렇게 되리라 생각하니 입가에 웃음이 맺혔다. 제집이 눈에 들어오자 바우는 어머니를 앞질러 뛰어나갔다.

"아버지!"

"뭐여, 시방 누가 니 애비여?"

방에서 낯선 사내가 고개를 삐죽 내밀었다. 사내는 오른손으로 주장을 빙빙 흔들면서 왼손으로 여우 꼬리 같은 수염을 매만졌다. 바우가 화들짝 놀라 뒷걸음질을 쳤다. 나자빠지려는 바우를 어머니가 간신히 붙잡았다.

"누구세요. 누구신데 남의 집에……."

"누구시냐고요? 시방 날 모른다고 하는 거여? 나요 나, 장상태!"

장상태, 그를 처음 본 곳은 충청도 예산이었다. 바우가 두 살이었을 때 조 서방과 김마리아는 예산의 수덕골에서 살았다. 교우들은 밤에 신부를 모셔와 첨례(미사)를 드리곤 했다. 모든 건 밤중에 벌어졌다. 교우들은 밤중에 모였고, 신부도 밤중에 찾아와 밤중에 아무도 모르게 떠났다. 그런데 옆 동리에 사는 눈치 빠른 사내 하나가 이를 이상하게 여겼다.

어느 날 그 사내는 잠들지 않고 있다가 첨례가 열리는 집을 몰래 찾아갔다. 담장 밖에서 안을 들여다보니 방에 불이 켜져 있으나 문이 다 가려 있어 불빛이 드러나지 않았다. 사내는 옳다구나 하며 뒤꼍으로 가 불빛이 조금 비치는 곳을 찾았다. 손가락에 침을 발라 문에 구멍을 뚫었다. 사내가 들여다보니 참으로 괴이한 광경이 펼쳐지고 있었다.

불빛 여러 개가 온 방 안을 비추는데, 여자와 남자가 좌우로 갈라 앉아 엄숙하게 무릎을 꿇은 채 뭔가를 중얼거리고 있었다. 흰수건을 머리에 덮은 여자들은 십자가를 바라보고 있었다. 사내는 눈알을 요리조리 굴려 조선 사람이 아닌 양인을 찾아냈다. 양인은 찬란하고 별스러운 옷을 입고 서서 무슨 의식인가를 해 댔다. 양인이 서 있는 벽을 바라보니 그림이 걸려 있었다. 찬란한 화복을 입은 아낙네였다. 그 부인은 듣도 보도 못한 선녀 같기도 하고 하늘의 신녀 같기도 했다. 사내는 찬란한 성모 마리아 화상을 보고 깜짝 놀랐다. 덜컥 겁이 났다. 두근거리는 가슴을 진정시킬 수 없어 얼른 제집으로 돌아갔다.

그날부터 사내는 시름시름 앓기 시작했다. 여러 날이 지나도 낫지 않자 의원을 불렀다. 의원이 약을 처방했지만, 약은 도무지 효과를 발휘하지 않았다. 사내는 지난 밤중에 몰래 엿본 그 집을 다시 찾아갔다. 집주인에게 모든 사실을 털어놓자, 집주인은 그에게 천주교에 입문하는 것이 어떻겠냐고 넌지시 제안했다. 사내는 지푸라기라도 잡는 심정으로 집주인에게서 천주교 교리를 배웠다. 그러자 고칠 수 없다고 여기던 병이 차츰 낫기 시작했다. 사내는 자신의 병을 낫게 한 천주교를 온전히 믿겠다고 약속했다. 사내의 눈에 엽전 꾸러미가 띄기 전까지.

한밤중 첨례가 끝난 뒤 방을 정리하는 중에 사내는 방구석에 있는 엽전 꾸러미를 발견했다. 호기심 많은 그가 집주인에게 물었다. 집주인은 교우들이 다달이 조금씩 모아 둔 것이라고 답했다. 교우 가운데 상을 당하거나 축하할 일이 생기면 쓰는 돈이라고 했다. 사내는 다시 물었다. 교우라면 누구나 쓸 수 있냐고. 집주인은 고개를 끄덕이며 그렇다고 했다. 교우는 천주님 안에서 한 형제이니 기쁠 때나 곤란할 때 서로 도울 수 있다고 했다.

며칠 뒤, 사내는 관아에 끌려갔다. 그해 봄에 빌린 환곡을 제때 갚지 못한 탓이었다. 사내는 매질을 당한 뒤 닷새 안에 반드시 환곡을 갚겠다고 약조하고는 가까스로 풀려났다. 그러고 나서 첨례가 열리는 집으로 갔다. 집주인은 매질을 당해 일그러진 사내를 보고 놀랐다.

"자네, 이 무슨 날벼락 같은 일인가?"

"환곡을 갚지 못해서요. 회장님, 교우들이 모은 그 돈 좀 빌릴 수 없을까요?"

집주인은 선뜻 대답하지 못했다. 그 돈은 한 사람의 곤궁함을 해결하는 데 쓰는 돈이 아니기 때문이었다.

"교우들과 상의해 봐야겠네. 그나저나 얼른 몸을 추스르게."

사흘이 지나도 집주인에게 연락이 오지 않았다. 사내는 아직 덜 추스른 몸을 이끌고 회장을 찾아갔다.

"미안하네만, 교우들은 그 돈을 자네 혼자만을 위해선 쓸 수 없다는군."

"네? 교우라면 누구든 어려울 때 쓸 수 있다면서요."

"그렇긴 한데. 여태껏 환곡 갚는 데 쓴 적이 없어서 말일세."

"없으면 만들면 되죠. 천주님은 언제나 불쌍한 사람을 모른 척해서는 안 된다면서요. 저처럼 불쌍하고 가련한 사람이 어디 있나요. 환곡을 못 갚아서 관아에 끌려가 매질까지 당했는데요."

사내의 목소리가 회장 집 마당에 쩌렁쩌렁 울려 퍼졌다. 그 소리를 듣고 교우들이 달려왔다. 교우들은 사내를 에워쌌다. 사내가 눈에 쌍심지를 켰다.

"뭐야, 이놈들. 관헌들처럼 날 마구잡이로 패려고! 그래 어디 패 봐, 패 보라고."

사내는 웃통을 벗어 던진 채 주먹으로 제 가슴을 쳐 댔다. 어떤 교우도 그에게 다가서려 하지 않았다. 회장이 땅에 떨어진 저고리를 들어 사내에게 건네주려고 손을 뻗었다. 사내는 회장의 손을 있는 힘껏 발로 차 버렸다. 나이 든 회장은 대나무처럼 휘청거리다가 곧 쓰러졌다. 놀란 교우들이 회장 옆으로 몰려들었다. 그중에는 바우의 아버지 조 서방도 있었다.

분을 이기지 못한 사내는 사람들 들으라고 소리를 바락바락 질렀다.

"네 이놈들, 천주학쟁이들. 내 너희에게 받은 수모 고대로 갚아 주겠어. 두고 봐."

교우들은 사내가 관아에 자기들을 고발할지도 모른다고 생각했다. 바우의 아버지 조 서방은 사내가 회장 집을 나가자마자 곧장 제집으로 달려가 짐을 쌌다. 어린 바우와 김마리아를 데리고 당진으로 길을 잡았다. 그 뒤로 사내를 본 적이 없었다.

바우 집에 숨어든 장상태는 특유의 느물느물한 웃음을 지어 보였다.

"내가 그때 그랬지? 사학쟁이들에게 받은 수모 고대로 갚아 주 겠다고. 기억 안 나는 겨?"

그제야 김마리아는 사내를 떠올렸다.

"당신이 왜 여기까지 따라왔어요?"

"시방 내 이 복색 안 보이는 겨?"

사내는 흰 저고리 위에 검은색 까치 등거리를 입고 있었다. 허 리에는 검은색 무명 전대를 매었으며, 머리에는 벙거지를 썼다. 그는 관아의 나졸이었다.

장 나졸은 눈빛을 반짝거리더니 좌우를 둘러보며 소리를 질 렀다.

"뭐 혀, 추포하지 않고. 얼른 잡아들여!"

집 뒤꼍에서 한 무리가 튀어나왔다. 그 무리는 순식간에 바우 와 어머니를 붙잡아 오랏줄로 두 손을 꽁꽁 묶었다. 바우와 어머 니는 당황해서 어떤 저항도 할 수 없었다. 무리는 바우와 어머니 를 장 나졸 앞에 끌고 와서 무릎을 꿇렸다. 장 나졸이 주장으로 바우 어머니의 턱을 올려 세웠다.

"여봐, 아직도 사학질 하는 겨?"

어머니가 장 나졸을 노려봤다.

"예나 지금이나 눈매가 참 매섭구먼. 그려, 아직도 그러고 있구먼. 그나저나 서방은 어디 갔는겨? 몇 날 며칠 지켜봐도 코빼기조차 보이지 않는구먼. 셋이 같이 있는 거 아니었어?"

석 달 만에 돌아온다던 바우의 아버지는 아직 돌아오지 않았다. 장 나졸은 아버지가 어디 갔는지 모르는 눈치였다.

"대답 안 할 겨? 이래도!"

장 나졸의 주장이 어머니의 어깨를 강타했다. 어머니는 엷게 신음을 내면서도 옆으로 쓰러지지 않았다. 바우는 피가 거꾸로 솟아오르는 것 같았다.

"왜 이래요? 우리가 뭘 잘못했다고."

"뭐랴? 어린 것이 뚫린 입이라고 감히 어른한테 대드는 겨? 이놈이!"

높이 솟은 주장이 바우의 머리를 향하고 있었다. 어머니가 몸을 일으켜 바우 앞에 섰다. 주장이 어머니의 머리를 쳤다. 어머니는 힘없이 쓰러졌다. 머리에서 선홍빛 피가 흘러나왔다.

"어머니!"

비참한 광경을 바라보는 장 나졸은 제 이빨 사이에 뭐가 낀 것처럼 쩝쩝댔다. 얼굴을 잔뜩 찡그리고는 자기가 데려온 무리에게 명령했다.

"뭐하고 서 있는 겨? 관아로 퍼뜩 끌고 가지 않고."

정신을 잃은 어머니는 헌신짝처럼 끌려갔다. 바우는 관아로 끌려가는 내내 울부짖었다.

옥에 갇히고 얼마 지나지 않아 어머니는 깨어났다. 바우는 남자만 가두는 옥에 갇혀 어머니와 떨어졌다. 그날 밤이 새도록 바우는 어머니가 갇힌 건너편 감방을 바라봤다. 다시 쓰러지면 어쩌나 밤새 걱정이 되었다. 어머니는 함께 갇힌 교우들에게 맡겨졌다.

다음 날, 해가 뜨자 감방을 감시하는 옥졸 하나가 다가왔다. 옥졸은 지쳐 잠든 어머니를 깨워 밖으로 데리고 나갔다. 정신을 차린 어머니가 바우에게 말했다.

"별일 없을 거야. 곧 돌아올 거야. 잠 좀 자 두렴."

바우는 감방 창살을 꼭 붙잡으며 끌려가는 어머니를 바라봤다.

문초가 이루어지는 곳은 관아 앞마당이었다. 바우가 갇힌 감옥에서는 앞마당이 보이지 않는다. 바우는 귀를 쫑긋 세웠다.

사또를 대신해 장 나졸이 바우 어머니를 몰아세웠다.

"남편 조가 놈은 어디 갔는겨? 설마 여기까지 와서 모른다고 하지 않겠지?"

"모릅니다."

"허어, 참말로 독하구먼. 어찌 지어미가 돼 가지고 지아비가 어딜 갔는지 모른다는 겨? 지아비가 뱃사람이라며? 배 타고 어딜 갔느냔 말이여!"

"뱃사람이니 고기 잡으러 갔을 테지요."

장 나졸이 허탈한 웃음을 지어 보였다.

"그려, 좋아. 뱃사람이니 괴기를 잡으러 갔겠지. 헌디 괴기만 잡으러 갔을까? 뭐 또 잡으러 간 건 없고?"

어머니가 대꾸하지 않은 대가는 혹독했다. 장 나졸은 형리에게 아주 간단하게 지시했다.

"비틀어."

형리들은 어머니의 두 다리를 한데 묶고 다리 사이에 긴 막대기 두 개를 끼워 넣었다. 그러더니 장 나졸의 손가락 신호에 맞춰 어머니의 두 다리를 사정없이 비틀기 시작했다.

"으으으으음."

어머니는 참고 있었다. 입을 앙다문 채 어떻게 해서든 제 고통이 바우에게 전해지지 않도록 버티고 버텼다. 형리들이 몇 차례 더 비틀자 정강이에서 피가 나기 시작했다. 형틀 아래로 붉은 피가 한두 방울씩 똑똑 떨어졌다. 그래도 어머니는 비명을 지르지 않았다. 주위에서 그 모습을 지켜보는 나졸과 형리 들이 재미있다는 듯 키득키득 웃었다. 어머니는 다행이라고 생각했다. 그들의 웃음소리에 자신의 신음이 묻힐 테니까.

형리들의 웃음소리를 듣는 바우의 팔에 소름이 오소소 돋았다. 조롱하고 깔보는 비웃음이라는 걸 온몸으로 느낄 수 있었다.

'그냥 사실대로 말하세요. 사실대로. 그래야 살 수 있어요.'

바우의 바람은 봄바람에 덧없이 날아가는 홀씨 같았다. 어머니는 그럴 생각이 애초부터 없었다. 몇 번 더 주리형을 당한 어머니는 끝내 기절하고 말았다. 해가 중천에 떠오를 때 어머니는 다시 감방으로 들어왔다. 온몸이 피투성이였다. 바우는 그 모습을 두 눈으로 똑바로 볼 수 없었다. 그건 눈에 맺힌 눈물 때문만이 아니었다.

다시 밤이 되었다. 함께 갇힌 교우들이 지극정성으로 돌봐 줘서 어머니는 깨어났다. 바우가 창살 앞에 서서 어머니를 불렀다. 어머니는 견딜 만하다고 애써 웃음을 지었다. 바우는 그런 어머니가 안쓰럽고 답답하기만 했다.

"사실대로 말하세요. 제발요."

"그럴 순 없다. 네 아버지와 한 약조를 저버릴 순 없어. 천주님을 배반할 순 없잖니."

"약조를 안 지킨 건 아버지예요. 석 달 되면 돌아오신다고 해놓고 아직도 안 오셨잖아요."

"바닷길은 아무도 모른단다. 바다는 잔잔하다가도 펄펄 끓고, 사납게 몰아치다가도 언제 그랬냐는 듯 잠잠해진단다. 그러니 기도해야 한단다. 기도해야 펄펄 끓는 바다가 잔잔해져. 같이 기도하자꾸나."

"지금 기도가 무슨 소용이에요. 어머니가 돌아가시게 생겼는데."

"그래도 기도해야 한단다. 죽고 사는 건 천주님의 뜻이니까."

어머니는 살점이 떨어져 나간 두 다리를 가지런히 모으려 했다.

그러나 뜻대로 되지 않았다. 주위의 교우들이 어머니를 부축한 뒤에야 가까스로 감방 벽에 몸을 받칠 수 있었다. 어머니는 두 손을 반듯하게 모으고 눈을 감았다.

"성총을 가득히 입으신 마리아여, 네게 하례하나이다. 주 너와 한가지로 계시니, 여인 중에 총복을 받으시며······."

어머니와 한 감방에 갇힌 교우들도 어머니를 따라 기도문을 읊었다. 더러는 울먹이고 더러는 흐느꼈다. 어머니와 교우들이 기도하는 동안 바우는 돌아앉았다. 기도가 무슨 소용인가, 기도한다고 해서 아버지가 돌아오는가, 우리가 여기서 풀려나는가. 기도는 아무짝에도 쓸모가 없다. 천주님이 정말 계신다면 이 간절한 기도를 왜 안 들어주시겠는가. 바우는 입술을 잘근잘근 깨물었다. 마음 같아서는 하늘을 향해 주먹이라도 날리고 싶었다.

아멘, 하고 기도를 마친 어머니와 교우들은 서로 부둥켜안고 한바탕 울음을 쏟아 냈다. 가련한 여인네들, 제 남편을 리델 신부와 함께 청나라로 보낸 여인네들은 그렇게 한을 토해 냈다. 날이 새도록 그들의 울음은 멈추지 않았다. 그들의 고난도 멈추지 않았다. 어머니에 대한 고문은 이제 시작일 뿐이었다.

다음 날부터 여인들이 줄줄이 고문을 당했다. 심신이 약한 여인들은 고문에 못 이겨 남편의 행방을 실토했다. 그러자 고문이 멈췄다. 그런 뒤 몇몇은 옥 밖으로 나갔다. 그들은 남편의 행방을 실토한 것과 더불어 사학을 버리겠다고 약조했다. 옥 밖으로 나가는 그들은 어머니를 똑바로 보지 못했다. 어머니는 그들을 측은하게 여기면서 계속 기도에 전념했다.

감옥에 갇힌 지 사흘째 되는 날, 어머니는 다시 형장으로 불려갔다. 장 나졸이 어머니를 기다리고 있었다.

"그러니까 자네가 말을 허지 않았어도 자네 서방이 어디 갔는지 다 알게 됐네. 시방 남은 건 한 가지여. 사학을 버릴 텐가, 안 버릴 텐가? 감방에서 봤을 거여. 사학을 버린다고 약조하면 금방 풀어 준다는 걸. 물론 대가 없이 풀어 주진 않지만 말이여."

장 나졸이 제 엄지와 검지로 엽전 모양을 만들었다. 어머니가 되레 장 나졸에게 물었다.

"그렇게 재물이 좋소?"

"하하, 요년 봐라. 감히 날 가르치려 들어?"

장 나졸이 형리에게 손짓하며 나지막하게 말했다.

"뭐 혀? 패!"

형리들이 바짝 날이 선 회초리로 어머니를 후려치기 시작했다. 바람과 함께 살갗을 가르는 회초리 소리가 바우에게도 들렸다. 바우는 몸을 부르르 떨었다. 제발 그만해, 제발 그만하라고! 이 짐승 같은 놈들아! 고통의 시간은 더디 흘러간다. 고통을 즐기는 악마들도 시간이 더디 흘러가기를 바라는지도 모른다. 회초리 소리는 어머니가 기절할 때까지 계속되었다.

어머니는 완전히 널브러진 채 감방으로 돌아왔다. 바우가 부르는 소리에 작은 신음도 내지 못할 정도로 어머니는 깊이깊이 가라앉았다. 바우는 이제 밤이 몸서리칠 만큼 싫어졌다. 밤이 지나 낮이 되면 다시 고문이 이어질 테니까. 밤이 너무나 무섭고 두렵다. 그 며칠 동안 바우는 깨달았다. 고문이란 당하는 사람이나 그걸 지켜보는 사람에게 죽음보다 더한 괴로움이라는 걸. 실낱같은 어머니의 목숨 줄, 당장 끊어진다 해도 이상할 게 하나도 없다. 그날 어머니의 기도 소리는 들리지 않았다. 감방 안 어느 누구도 기도하지 않았다. 기도하는 사람은 정신 나간 사람이었다.

7
목숨 줄

드르르르륵 드르르르륵.

장 나졸의 주장이 옥 창살을 긁었다. 몹시 기분 나쁜 소리였다. 장 나졸은 옥문 앞을 몇 차례 왔다 갔다 하더니 바우가 갇힌 감방 앞에 우뚝 섰다. 바우는 눈을 동그랗게 떴다. 드디어 자기가 고문당할 차례인가 싶었다. 겁에 질려 입술이 파르르 떨렸다. 장 나졸은 쪼그리고 앉아 바우를 물끄러미 바라보았다. 장 나졸의 눈가에 묘한 웃음이 맺혔다.

"바우라고 혔지?"

"네……"

"뭘 사시나무 떨듯 그리 떨고 있는 겨?"

바우의 눈에서 금방이라도 눈물이 쏟아질 것 같았다. 장 나졸은 그런 바우는 아랑곳하지 않고 고개를 이리 굴리고 저리 굴렸다. 두 팔을 뻗어 기지개까지 켰다.

"요 며칠 새 일을 과허게 했더니 온몸이 매 맞은 것처럼 이리 쑤시고 저리 쑤시는구면. 갈고리맨치로 온몸이 결려."

장 나졸이 무슨 말을 하는 건지 바우는 도무지 알 수 없었다. 바우 앞에 선 장 나졸이 갑자기 돌아서서 등을 보였다.

"바우야, 내가 니 애비다 생각하고 어깨 좀 주물러 봐."

"네?"

"뭐 혀. 어깨 주무르라고!"

바우가 창살 사이로 두 손을 뻗어 장 나졸의 어깨에 올렸다.

"얼른 주물러. 안 그러면 경을 칠 줄 알아!"

위협하는 말에 바우는 손을 꼼지락거리기 시작했다.

"고것밖에 못혀? 팍팍 세게 주무르란 말이여."

바우의 손에 힘이 들어갔다.

"그렇지, 어허 시원허다. 그놈 생각보다 손이 맵구면."

바우가 눈을 크게 떴다. 이왕 손에 힘을 준 김에 장 나졸 뒤통수를 주먹으로 내리치면 어떨까?

"애먼 생각이랑 허덜 말어. 난 뒤통수에도 눈이 달려 있으니께. 그리고 바우 니가 내 자식 같아서 하는 말인데, 조금 있으면 니 에미가 한양으로 압송될 거여."

"네?"

"뭘 그리 놀라는 겨. 한양 귀경(구경) 가는 거여, 한양 귀경. 너가 봤어? 한양 말이여. 나도 안 가 봤구먼. 흐흐."

장 나졸의 말이 끝나기 무섭게 형리들이 들이닥쳤다. 형리들은 옥문을 열고 겨우 정신을 차린 바우 어머니를 끌어냈다. 바우가 창살 밖으로 손을 뻗어 어머니의 옷자락을 붙잡으려고 했다. 눈치 빠른 장 나졸이 바우의 손등을 주장으로 내리쳤다.

"엄한 짓 허지 말라고 했지? 가만히 있는 게 니 에미 살리는 길이여."

어머니는 바우에게 말없이 눈빛을 보냈다. 그러더니 힘겹게 오른손으로 머리에서 가슴으로 선을 긋고, 왼쪽 어깨에서 오른쪽 어깨로 선을 그었다. 천주교 신자들이 기도할 때 몸에 긋는 십자 성호였다. 바우는 침을 꿀꺽꿀꺽 삼키며 터질 듯한 울분을 애써 눌렀다.

어머니는 감옥 밖으로 나가면서 환하게 웃어 보였다. 온화하고 평온한 표정이 바우의 마음을 뒤흔들어 놓았다. 어머니와 형리들, 장 나졸이 모두 옥사에서 나간 뒤에야 바우는 땅을 치며 통곡했다. 어미 잃은 새끼 양의 피맺힌 절규였다. 바우는 한참을 울다 지쳐서 쓰러지고 말았다. 감옥에 갇힌 지 닷새, 아무것도 먹지 못한 바우는 탈진해 버렸다.

그날 바우의 어머니만 도성으로 압송된 건 아니었다. 남자 감옥에서 몇 명, 여자 감옥에서 몇 명도 함께 끌려갔다. 여자 감옥에는 이제 아무도 없다. 남자 감옥에는 바우와 바우 또래의 아이

둘, 그리고 아직 장가 못 간 더벅머리 총각 하나, 나이 든 할아버지가 남았다. 울다 지쳐 쓰러진 바우는 가장 구석에 있었다. 거적을 뒤집어쓴 더벅머리 총각과 할아버지는 거적 더미 속에서 몸을 뒤척였다. 그들은 몸 여기저기를 물어 대는 이와 벼룩을 쫓느라 잠시도 쉬지 않고 몸을 긁어 댔다. 바우 또래의 아이 둘은 서로 부둥켜안고 잠을 청하고 있었다. 남자 감옥은 겉으로 보기에 어느 때보다 평화로웠다. 한차례 피바람이 몰아친 후 찾아온 불안한 고요였다.

그 밤에 불침번을 빼고 숙소에서 잠을 자야 할 형리가 하나둘 밖으로 기어 나왔다. 달밤에 체조하려는 것인지 그들은 각자 몸을 풀더니 둘씩 짝을 지어 남자 감옥으로 들어갔다. 그들이 첫 번째로 붙잡은 사람은 더벅머리 총각이었다. 길에서 손 내밀고 적선을 구하는 거지 총각은 말더듬이다. 영문을 모르는 총각이 어버버 어버버 해도 다른 죄수들에게 들리지 않았다.

형리들은 총각을 빈 곳간으로 데려가 곳간 중간에 세워 둔 나무로 된 담벼락에 단단히 묶었다. 물론 입에 재갈을 물리는 것을 잊지 않았다. 그다음은 할아버지였다. 형리들은 할아버지를 깨운 다음 입에 주먹밥을 처넣었다. 할아버지는 입에 밥을 물고 감옥 밖으로 끌려 나왔다. 형리들은 잽싸게 할아버지 입에서 주먹밥을 빼내고 재갈을 물렸다. 그런 뒤 총각 옆에 앉히고 나무판 담벼락에 움직이지 못하도록 고정했다.

어느새 둘이던 형리가 셋으로 한 명 더 늘어났다. 형리 셋의 손에는 오랏줄이 들려 있었다. 그들은 바우와 바우 또래의 아이 둘을 마구잡이로 묶어서 밖으로 들고나왔다. 아이들은 눈만 동그랗게 뜬 채 잔뜩 겁에 질렸다. 이제 나무판 담벼락에는 다섯 사람이 쪼르르 앉게 되었다.

그 담벼락에는 구멍이 뚫려 있었다. 형리들은 다섯 사람의 목에 올가미를 걸었다. 목에 걸린 올가미 끝은 구멍 바깥으로 내보내졌다. 바깥에 있는 형리가 그 다섯 올가미를 각각의 긴 막대기에 잡아맸다. 그러고는 큰 쐐기 모양으로 생긴 보라가 제자리에 박히면 옴짝달싹 못하게 될 것이다. 이제 모든 준비가 끝났다.

등불 하나 없는 어둠 속에서 장 나졸이 모습을 드러냈다. 그는 나지막한 소리로 사형수들에게 사형 집행을 알렸다.

"우리도 좀 쉬어야 하지 않겠어? 몇 날 며칠 심문하고 이게 사람이 할 짓인가 말이여."

장 나졸은 더벅머리 총각과 할아버지를 가리키며 말을 이었다.

"니들은 원래 빌어먹는 거지잖여. 길바닥에서 굶어 죽으나 여기 감옥에서 굶어 죽으나 매한가지 아녀?"

더벅머리 총각은 심하게 발버둥을 쳤다. 형리 하나가 와서 몽둥이로 총각의 두 다리를 사정없이 내리쳤다. 총각은 악 소리도 내지 못하고 벌벌 떨었다. 할아버지는 체념한 듯 고개를 푹 숙인 채 미동조차 하지 않았다. 가장 공포에 떠는 사형수는 아이들이었다. 바우와 아이들은 사색이 된 채 오줌을 지렸다.

"그려, 내가 마음이 약하긴 하지. 우리 조선 법에 열다섯 살이 안 되면 아무리 죄인이라도 매질을 못헌다 이 말이여. 허지만 말이여 죄인이잖여, 그것도 사학을 신봉하는 대역죄인이잖여. 사람 죽이는 것이야 나라님만 할 수 있는 것이라지만, 나라님은 월매나 국사에 바쁘시겠어. 자나 깨나 백성들 생각만 하시느라 잠도 편히 못 주무실 거 아녀? 그러니께 시방 내가 나라님의 근심 걱정을 덜어 드리겠다 이거여. 어차피 니들 애비 에미는 황천길 가 버렸어. 니들 혼자 이 험한 시상 어떻게 살 거여. 그래 봤자 니들 옆에 있는 저 거렁뱅이들밖에 더 되겠냐? 내가 니들한테 보시마 냥 좋은 일 한다고 생각혀. 많이 아프지 않게 할 테니께 너무 무서워들허지 말어."

악당 중의 악당 장 나졸이 형리들을 향해 손을 아래로 까닥거렸다. 그런 다음 곳간 밖으로 나가 곳간 문을 닫아걸었다. 장 나졸의 신호를 받은 형리들이 긴 막대기와 담벼락 사이에 낀 보라를 망치로 단단히 두들겨 박기 시작했다. 죄 없는 다섯 사형수의 목에 걸린 올가미는 보라가 나무판 담벼락에 박힐 때마다 조금씩 팽팽해지면서 사형수의 목을 조여 오기 시작했다. 그런데 그중에서 키가 가장 작은 바우는 목이 아닌 이마에 올가미가 걸렸다.

몇 분 지나지 않았을 때 발버둥 치던 여덟 개의 다리가 축 늘어졌다. 바우는 올가미가 조일 때 이마가 찢기는 고통을 느꼈지만, 옆에서 죽어 가는 아이들을 보면서 참아 냈다. 달빛, 별빛 하나 없는 깜깜한 밤에 벌어진 참혹한 죽임이었다. 일을 마친 형리는 다섯 사람의 목숨이 끊어진 걸 확인하지도 않고 제각각 사형장에서 나갔다. 그들에게도 일말의 양심이 있는 건지, 처참하게 죽어 간 사람들의 얼굴을 보기 싫은 건지 그렇게 시신을 놔 두고 잠을 청하러 갔다. 바우는 숨이 붙은 채로 거룩한 주검들 사이에서 밤을 지새웠다.

두 시진이 흐른 후, 시체를 거두는 관노가 곳간에 들어왔다. 그는 단단히 박힌 보라를 뽑아 내고 긴 막대기를 걷어 낸 뒤, 시신의 목에 걸린 올가미를 하나하나 풀었다. 시신의 상체가 나무판 담벼락에서 스르르 미끄러졌다. 그는 시신을 거적때기에 둘둘 말아 수레에 싣기 시작했다. 몸이 가벼운 바우와 아이들은 한꺼번에 거적때기에 말렸다. 바우는 정신이 몽롱한 상태로 수레에 던져졌다. 그대로 땅에 묻힌다면 생매장이다.

시체를 거두는 관노는 관아를 빠져나가 산에 이르렀다. 어느새 날이 훤히 밝아 있었다. 이마에 송골송골 맺힌 땀을 닦아 낸 관노가 작은 구덩이에 거적때기 채로 시신을 던졌다. 더벅머리 총각, 할아버지, 그리고 아이들. 아이들이 담긴 거적때기를 관노가 어깨 위로 들어 올리는 순간, 바우가 신음을 내뱉었다.

"아아, 살려 주세요."

아주 작고 여린 목소리였지만, 덩치 큰 관노의 가슴을 내려 앉히기에 충분했다. 관노는 그대로 아이들의 시신을 맨 채 주저앉 았다. 그러자 둘둘 말린 거적때기가 두루마리처럼 펼쳐졌다. 이미 세상을 떠난 두 아이와 함께 바우가 모습을 드러냈다. 관노는 산 아래로 굴러떨어지려는 바우를 잡아챘다. 그러고서는 자신의 귀 를 바우의 가슴에 댔다. 뛰고 있다, 심장이 콩콩 뛰고 있다.

"네 이놈, 죽지 아니하였구나!"

"살려 주세요, 나리. 살려 주세요."

바우는 제대로 일어서지도 못한 채 사내를 향해 두 손을 싹싹 빌었다.

"거참!"

관노는 고민했다. 바우를 그대로 땅에 묻어야 할지, 아니면 살 려 줘야 할지. 더욱이 장 나졸에게는 뭐라고 말을 해야 할지. 아 무리 사학쟁이여도 열다섯이 안 된 어린아이는 죽이지 못한다는 것을 관노도 알고 있다. 암암리에 사학쟁이 어린아이들을 죽였다 는 것도 잘 알고 있다. 이 사실이 밖으로 새어 나가면 장 나졸이 나 저나 형벌을 면치 못할 것이다.

그런데 관노는 장 나졸처럼 한때 천주교 신자였다. 그 역시 박 해 때 관아로 끌려갔다. 모진 고문을 당하다가 결국 신자들 명단 을 발설하고 다시는 사학을 믿지 않겠다고 맹세했다. 그 뒤 관아 의 노비가 되어 시체 거두는 모진 일을 하며 살게 되었다. 관노는 바우가 안쓰러웠지만, 자기부터 살 일이었다.

관노는 바우를 다시 거적때기에 말았다. 그러고는 끈으로 단단히 묶어 바우가 빠져나오지 못하도록 했다. 주변에 있는 나뭇가지를 모아 거적때기 위에 올렸다. 다른 이들의 시선을 속이려는 것이었다. 빈 거적때기가 아니라는 것을 들키지 않으려는 술수였다. 관노는 잰걸음으로 산에서 내려와 관아로 달려갔다. 나뭇가지가 잔뜩 쌓인 수레를 남들 눈에 띄지 않는 구석에 숨겨 놓고 장 나졸을 찾으러 갔다. 수레에 갇힌 바우는 점점 아득해지는 정신을 잡으려 애쓰고 있었다.

다시 밤이 찾아왔다. 누군가 거적때기를 들추었다. 제 손을 바우의 코에 대었다. 콧김이 느껴진다. 깊게 한숨을 쉰 그는 다시 거적때기를 끈으로 동여맸다. 그러더니 거적때기를 어깨에 걸쳐 매고 어디론가 향했다.

바우를 들쳐 멘 사내의 발걸음이 끊겼다. 사내가 도착한 곳은 산중의 움막이었다. 사내는 거적때기를 동여맨 끈을 풀었다. 그러더니 등불을 켜고 바우를 살폈다. 불빛을 받은 바우가 눈을 가까스로 떴다.

"목숨 줄이 참으로 질긴 놈이여."

장 나졸이었다. 바우는 더 놀라지 않았다. 죽음의 문턱까지 갔어도 여전히 장 나졸의 손바닥 위라는 사실에 체념할 수밖에 없었다.

장 나졸이 주먹밥과 물을 바우에게 내밀었다.

"먹어. 살았으니 먹으라고. 남들 다 죽었는데 너 혼자 살았으니 먹어야 할 거 아녀."

바우가 아무런 거부감 없이 밥과 물을 받아들었다. 조심스럽게 밥을 한입 베어 물었다. 얼마 만에 먹는 밥인가? 한 번 밥맛을 본 위장은 이성을 놓을 만큼 식욕을 만들어 냈다. 바우는 허겁지겁 밥알을 삼켰다. 그러나 밥알이 목에 걸려 눈알이 뒤집혔다.

"야 이놈아! 이 미련한 놈아!"

장 나졸이 바우의 입에 물을 집어넣었다. 거칠고 우악스러운 손길이지만 바우는 마다하지 않았다.

"니가 불쌍해서 살려 주는 거 절대 아녀. 난 사학쟁이라면 이가 갈리는 사람이니께."

그건 바우도 마찬가지다. 장 나졸이란 사람, 바우에게 그보다 더 원수 같은 사람은 없다.

"이왕 살았으니 널 좀 써먹어야겠다. 어차피 니 목숨 줄은 내가 갖고 있잖여."

죽어 가는 이에게 밥과 물을 주었다고 사람인 것은 아니다. 살려 준 데에는 다 꿍꿍이가 있다. 그렇게 호락호락한 장 나졸이었으면 이 자리까지 오지 못했다.

"니 애비가 이가 놈이라는 사학 우두머리를 뫼시고 청나라로 갔지? 근디 청나라에서 영영 살 건 아니잖여. 다시 조선으로 돌아올 거 아녀. 한양서 내려온 포교 나리에게 들으니 이가 놈이 조선에 돌아왔다는구먼. 이가 놈 나라의 군사들이 요상한 배를 타고 강화도에 왔다잖여. 워디 같잖은 것들이 우리 조선에 겁도 없이 쳐들어온단 말이여. 허지만 나는 그것에는 관심 없고, 내 관심은 오로지 니 애비여. 니 애비에다가 그 사학 우두머리 이가 놈까지 잡으면 그야말로 금상첨화 아니여? 그러니께 바우 니가 내 미끼여, 미끼. 니 애비 잡고 이가 놈까지 잡는 찰진 미끼다 이 말이여. 알겠냐?”

바우는 장 나졸 마음대로 하라는 듯 고개를 떨구었다. 모든 게 무의미하다. 살려 달라고 애원했지만 앞으로 살길이 막막하다. 어느 때 어느 순간 다시 죽음의 문턱에 다다를지 모른다. 맞다, 목숨 줄은 장 나졸이 쥐고 있다. 그가 흔들면 흔드는 대로, 그가 조이면 조이는 대로 살아야 한다. 살아 있어도 산 게 아니다. 산송장이다. 말만 하는 짐승, 말 못하는 개만도 못하다. 바우는 미끼가 되라는 장 나졸의 말에 모든 걸 내려놓았다.

장 나졸이 바우의 손과 발을 다시 묶었다.

“내일 다시 올 테니 잠 좀 자 둬. 먼 길 떠나야 하니께. 도성 구경도 해야 할 것이고.”

움막을 나간 장 나졸은 밖에서 움막 문을 단단히 걸어 잠갔다. 바우 귀에 장 나졸의 흥얼거림이 들렸다.

“드디어 기회가 온 거여. 진짜 사람답게 살 출셋길이란 말이여. 이 장 나졸에게도 볕 들 날이 온 거여. 내 출셋길 막는 놈이 있다면 아주 끝장낼 겨."

구슬픈 뻐꾸기 소리가 산중에 퍼져 나갔다. 바우는 다리 사이
에 고개를 파묻었다.

'어머니…… 아버지…… 보고 싶어요.'

8
뗏목

아버지의 장례가 끝나자 득이는 방구석에 처박혔다. 민 대감 집은 벌써 오랑캐를 피해 도망쳤으니 이젠 짐꾼 노릇 할 곳이 없다. 성안 사람들도 오랑캐를 피해 집 안으로 꼭꼭 숨어들었다. 특히 아녀자들은 무슨 봉변을 당할지 몰라 머리카락 한 올마저 감추었다. 수확을 기다리는 황금빛 들녘에는 일꾼이 하나도 없다. 참새들만 그 위를 날아다닌다. 그나마 다행인 것은 양이가 쌀을 먹지 않는다는 것이다. 그들은 곱게 잘 영근 벼를 거들떠보지도 않는다. 어느 집에 소가 있는지 닭이 있는지만 살필 뿐이다. 침략자들은 사람이든 고기든 빼앗을 수 있는 건 다 빼앗는다.

강화도를 지켜야 할 조선군은 코빼기도 보이지 않는다. 성벽에 울긋불긋한 깃발만 꽂아 놓고 관아와 성을 비운 채 감쪽같이 사라졌다. 대포와 화약, 화승총, 창과 도끼, 활 따위의 무기뿐 아니라 갑옷까지 죄다 놓고 가 버렸다. 그러나 침략자들은 강화에서 나갈 조짐을 보이지 않는다. 한양 도성을 칠 계획이 처음부터 없는 듯했다. 그저 강화도 앞바다에서 한강으로 들어가는 입구만 꽉 틀어막고 있다.

섬은 이상하리만큼 안정을 찾고 있다. 군림하고 억압하는 자만 바뀌었을 뿐, 양이가 쳐들어오기 전이나 후나 다를 게 없다. 그러자 성 밖으로 피난 간 사람들이 하나둘 성안으로 들어왔다. 낫을 들고 들녘에 나가 가을걷이를 시작했다. 벼를 베고 볏단을 높이 쌓아 올리다가 양이가 지나가면 그 앞에 넙죽 엎드리기도 했다. 관아를 점령한 자, 그자가 조선의 관리이든 서양 오랑캐든 어차피 상전이긴 마찬가지다. 양이가 소나 닭을 빼앗아 가려고 민가에 들어서면 집주인은 각별히 대접했다. 머리를 조아리며 감과 찬물을 내놓았다. 양이도 관아에서 나왔으니 공납 받으러 온 아전 나리처럼 보였을 테다. 아전 나리 같은 상전을 대할 때는 그렇게 해야 하는 게 조선의 법도다.

방안에 우두커니 앉은 득이는 명이를 찾아올 방법을 고민했다. 성문을 지나지 않고 양이 몰래 성벽을 넘어가 갑곶에 간다고 해도 양이 배에 오를 방법은 없다. 몰래 가면 결국 잡힐 수밖에. 다른 방법이 필요했다.

"득이, 있는가?"

밖에서 누군가가 득이를 불렀다. 돌아가신 아버지의 친구 박

씨다. 박 씨는 아버지의 장례를 처음부터 끝까지 도와주었다.

"넋 놓고 있구나. 아비를 보냈으니 그럴 수밖에. 그나저나 밥은 먹었니?"

득이가 머리를 긁적였다.

"꼴이 말이 아니구나. 이거라도 먹으렴."

박 씨가 득이 앞에 고구마 몇 개를 올려놓았다. 득이는 고구마를 집어 입에 넣었다. 달달한 고구마 즙이 잔뜩 메마른 득이의 마음에 가 닿았다.

"짐 부리는 일은 이제 안 하는 거냐?"

"민 대감 댁이 피난 가서 할 일이 없어요."

"에고, 그래도 산 사람은 살아야 하는데."

박 씨는 잠시 허공을 보다가 약간 떨떠름한 표정을 지었다.

"일거리가 있긴 한데……."

"무슨 일인데요?"

"그게 말이야, 음…… 양이 놈들 짐을 나르는 일이야."

"네?"

"어제 옆집 김 씨가 그 일을 하고 왔다는데, 삯을 꽤 많이 받았다 하더구나."

"그래도 어떻게 오랑캐 일을 해요."

"백성 된 도리로는 그럴 수 없지만, 꼭 그렇게만 생각할 건 아니야. 어쨌든 저들이 우리 백성을 해치진 않고 있잖니. 우리 군사들은 모두 사라져서 어디 의지할 데도 없고 말이야. 숨이 붙어 있는 한 먹고는 살아야 하니까."

그렇다, 먹고는 살아야 한다. 아버지처럼 살다가 허망하게 세상을 떠날 수는 없다. 무엇보다 잡혀간 명이를 찾아야 한다. 명이만 찾을 수 있다면 그게 오랑캐 일이든 뭐든 상관없다.

"그냥 짐만 나르면 되는 거예요?"

"그래. 양이 놈들이 쌀은 안 먹고 고기만 먹지 않더냐? 그러니까 우리에게서 빼앗은 소나 닭을 자기네 배로 싣는 일이란다."

"배요?"

박 씨 입에서 나온 '배'라는 말에 득이는 저도 모르게 큰 소리를 냈다.

"어디에 있는 배요?"

"어디긴, 양이 배가 정박해 있는 갑곶이지."

갑곶이다. 드디어 갑곶에 닻을 내린 이양선까지 수월하게 갈 방법이 생겼다.

"할게요."

"그, 그래. 잘 생각했다."

이토록 쉽게 승낙할지 박 씨는 미처 생각하지 않았다. 그저 넌지시 던져 본 말이었다.

"그러면 내일 아침에 김 씨 집으로 가보렴. 김 씨가 잘 데려다 줄 거다."

"네!"

다음 날, 날이 밝자마자 득이는 지게를 지고 김 씨 집으로 달려갔다. 김 씨는 득이를 데리고 관아로 갔다. 관아 마당에는 소와 닭, 과일 등 먹을거리가 산더미처럼 쌓여 있었다. 김 씨가 작업반장인 듯 보이는 프랑스군 병사에게 득이를 소개했다. 말이 통하지 않으니 김 씨는 지게를 지어 보였다. 프랑스군 병사가 득이를 위아래로 훑어봤다. 손으로 득이의 단단한 어깨를 만져 보더니 고개를 끄덕였다.

득이가 김 씨에게 귓속말로 물었다.

"된 거예요?"

"그래. 날 따라오렴."

지게에 짐을 잔뜩 실은 득이가 김 씨와 함께 관아를 나와 남문으로 향했다. 닷새 전 득이는 남문에서 프랑스군 병사들에게 잡혔다. 손발이 묶인 채 아무렇게나 길바닥에 버려졌다. 남문이 시야에 들어오자 득이는 이를 바득바득 갈았다. 남문을 지키는 프랑스군 병사들은 짐꾼들을 제지하지 않았다. 제 나라 병사들이 앞뒤로 짐꾼들을 감시하기 때문이었다.

갑곶 가는 길에 가을바람이 살랑살랑 불어왔다. 아직 거두지 않은 누런 벼들이 햇살을 받아 황금처럼 반짝반짝 빛났다. 양이가 쳐들어와 생난리가 났는데 들녘 풍경은 예나 지금이나 다를게 없었다. 상전을 대하는 백성들의 모습도 변함없었다. 길에서 양이를 본 백성들은 길옆으로 성급히 몸을 낮추고 피했다. 양반 행차 때만큼 코가 땅에 닿도록 엎드리지 않았어도 허리를 숙여서 양이와 눈을 맞추지 않으려 했다. 오랜 세월 동안 타성에 젖을 대로 젖은 두려움 때문이었다. 백성들이 조아릴 때면 양이는 더 의기양양하게 가슴을 내밀었다. 자기들끼리 껄껄대며 즐거워했다. 과연 강화 섬을 차지한 점령군다웠다. 그들 앞을 가로막는 자는 아무도 없었다. 득이 눈에는 양이에게 조아리는 백성도 득의양양해 대는 파란 눈의 양이도 마뜩잖았다.

프랑스군 병사들이 짐꾼들의 걸음을 멈추게 했다. 잠시 쉬어 가자는 뜻이었다. 짐꾼들이 옷소매로 땀을 닦는 사이, 양이 하나가 배낭에서 술병을 꺼냈다. 술을 병째로 벌컥벌컥 들이켜다가 노래를 한 소절 불렀다. 짐꾼들 가운데에서 침 넘기는 소리가 났다. 누군가가 이런 소리를 했다.

"한 모금만 달라고 할까?"

그 옆에 있던 짐꾼이 그를 말렸다.

"미쳤는가? 그래도 상전이여. 무슨 봉변을 당하려고 그래."

술 한 모금 얻어 마시려는 짐꾼이 되레 화를 냈다.

"미치긴 누가 미쳐. 어제였던가, 어떤 짐꾼은 얻어 마셨다고 하던데."

그를 말리던 짐꾼은 솔깃해졌다.

"잠자코 있어. 내가 가서 말해 볼 테니. 잘하면 자네도 얻어 마실 수 있지 않겠나?"

그가 술병을 든 프랑스군 병사에게 다가갔다. 손가락으로 자신을 가리킨 다음, 손으로 술 마시는 시늉을 했다. 그 모습을 본 프랑스군 병사가 껄껄껄 고개를 젖히며 웃었다. 술 얻어먹으려는 짐꾼도 병사를 따라 멋쩍게 웃었다. 병사가 선뜻 제 입을 벌렸다. 병사의 몸짓을 찰떡같이 알아들은 짐꾼은 병사를 따라 입을 벌렸다. 병사는 술병을 기울여 짐꾼의 입에 술을 들이부었다. 짐꾼의 가느다란 목구멍은 폭포처럼 쏟아지는 술을 견뎌 내지 못했다. 짐꾼은 캑캑거리다가 입안에 든 술을 다 토해 냈다. 그러자 짐꾼의 정강이에 병사의 발길질이 날아들었다. 짐꾼은 정강이를 잡고 펄쩍펄쩍 뛰었다. 프랑스군 병사들은 아까보다 더 크게 웃었다. 그 모습을 바라보던 다른 짐꾼들은 조용히 비웃었다. 득이는 속으로 혀를 찼다. 술병을 두고 벌어진 그 광경이 마냥 우스꽝스러울 뿐이었다.

"러뷔부!(기상)"

양이가 일어나면서 칼을 휘둘렀다. 본연의 점령군으로 돌아와 짐꾼들을 다그쳤다.

"데빠!(출발)"

짐꾼들이 다시 열을 지어 앞으로 나아갔다. 얼마 지나지 않아 염하가 보이고, 정박해 있는 이양선이 보였다. 득이는 마음을 다 잡았다.

'명이는 어디 있을까? 저 큰 배에 명이가 있을 곳은 어디일까? 배에 오르면 어디부터 가야 하지? 오늘 저 큰 배를 다 뒤질 수 있을까?'

이양선 앞에 다다르자 프랑스군 병사는 멈추라고 소리쳤다. 그러더니 짐꾼들을 둘씩 짝지어 갈라놓았다. 짐꾼들이 한꺼번에 배에 오를 수 없도록 하려는 것이었다. 득이는 김 씨와 짝을 이루었다. 배에 오를 순서는 중간쯤이었다. 조선인 짐꾼 두 명이 육지와 배를 잇는 널빤지를 타고 배에 올랐다. 사람과 짐의 무게 때문에 널빤지가 휘청거렸다. 짐꾼들은 배에 짐을 부린 뒤 곧바로 뭍으로 내려왔다. 그 모습을 본 득이가 당황해했다.

"아저씨, 짐을 곳간까지 들여놓지 않는 거예요?"

"그래. 여지껏 저 앞에다만 놓고 왔지. 배 안 곳간까지는 안 들어갔어."

낭패도 이런 낭패가 없다. 여기까지 온 보람도 없이 명이를 찾지도 못하고 돌아갈 판이다.

"그럼 저 많은 짐을 누가 곳간에 넣어요?"

"글쎄다, 그거야 저들이 알아서 하겠지. 우리는 그냥 짐만 저 앞에 부려 놓고 난 다음 삯만 받으면 그만이야. 저놈들이 삯을 아주 후하게 매긴다니까. 떼어먹거나 미루지도 않는단 말이야."

그깟 삯이 중요한 게 아니다. 득이는 잽싸게 머리를 굴렸다.

'배 안까지 들어갈 방법을 생각해 내야 한다. 어떻게든 명이를

데리고 와야 한다.'

그런데 생각이 나지 않는다. 양이 놈들을 따돌리고 배 안까지 들어가 명이를 데리고 나올 방법이 금방 떠오르지 않는다. 득이 입에서 어떡하지, 어떡하지 하는 말만 흘러나왔다. 제 차례가 다 가올수록 입술이 바짝바짝 말랐다. 똥 마려운 아이처럼 잠자코 있지 못하고 다리를 배배 꼬았다. 그걸 본 김 씨가 득이에게 물었다.

"왜 그러느냐? 속이 안 좋으냐?"

그때 득이 머리를 휙 스쳐 간 것이 하나 있었다.

"아저씨, 배에 올랐을 때 몹시 배가 아픈 척해 주시면 안 될까요?"

"뭐라고? 멀쩡한 배가 왜 아파?"

득이는 프랑스군 병사의 눈을 피해 김 씨에게 동생을 찾으러 왔다고 말했다.

"그게 무슨 말이야? 네 동생이 왜 저기 있어?"

"다 말씀드릴 순 없어요. 급하다고요. 해 주실 거죠?"

"그, 그, 그래."

드디어 득이와 김 씨가 배에 오를 순서가 되었다. 득이는 허리끈을 단단히 동여매고 지게를 멨다. 김 씨가 앞장서고 득이가 뒤를 따랐다. 배 위에 오르자 김 씨가 먼저 짐을 부린 다음 득이가 짐을 내렸다. 뒤돌아 내려가려는 찰나, 득이가 김 씨에게 눈짓을 보냈다. 김 씨는 갑자기 배를 움켜잡고 배 위에서 몸을 굴렀다.

"아이고 배야, 아이고 나 살려."

급작스러운 상황에 당황한 프랑스군 병사들이 김 씨에게 모여들었다. 그 순간 득이는 배 한가운데에 높이 솟은 흑갈색 굴뚝을 향해 달려갔다. 그러나 얼마 못 가 픽 하고 쓰러졌다. 득이를 본 눈치 빠른 병사가 득이의 등을 개머리판으로 내리쳤다. 병사들이 몰려와 쓰러진 득이를 돛대에 매달았다. 득이는 고통을 참아 내며 울부짖었다.

"놔, 이거 놓으란 말이야."

득이의 울부짖음은 저녁놀이 질 때까지 계속되었다. 득이 옆을 지나는 프랑스군 병사가 침을 뱉고 비웃었다. 득이는 그를 표독스럽게 노려보았다. 해가 완전히 지자 누군가가 득이에게 다가왔다. 패랭이를 쓴 조선인이었다.

"무슨 일로 배에 올랐느냐?"

"내 동생 찾으러 왔소."

"무슨 소리냐?"

"양이가 내 동생 명이를 잡아갔단 말이오."

"동생이라…… 몇 살이냐?"

"세 살이요."

"작고 삐쩍 마른 여자아이를 말하는 것이냐?"

득이의 눈에 독기가 서렸다.

'그때 조선인도 몇 있었다고 아버지가 그랬는데……'

조선인이 득이 앞에 한 걸음 다가오더니 패랭이를 조금 들어 얼굴을 보였다.

"이 배에는 없다."

"없다고? 당신이 어떻게 알아?"

조선인은 숨을 한 번 들이쉬더니 말을 이었다.

"다른 배로 옮겨 갔단다. 여기엔 없어."

"당신 말을 어떻게 믿어!"

득이가 묶인 손과 발을 풀기 위해 버둥거렸다. 조선인이 득이의 어깨를 붙잡으며 진정시켰다.

"리델 신부님이 그 아이, 엘리사벳을 데리고 다른 배로 가셨어. 참말이다."

명이가 아니고 엘리사벳이라니, 저놈들이 명이에게 무슨 수작을 한 것이 틀림없다. 득이는 고래고래 소리를 치기 시작했다.

"이놈아, 내 동생 내놔. 내 동생 내놓으라고!"

소리를 듣고 프랑스군 병사들이 달려왔다. 패랭이 쓴 조선인은 적잖게 당황했다. 조선인이 몰려온 병사들에게 뭐라고 하더니 병사들이 물러갔다. 그런 조선인이 득이 눈에는 양이와 다를 바 없어 보였다. 오랑캐 앞잡이 조선 놈!

"풀어 줄 테니 집으로 돌아가거라. 동생 찾을 생각은 하지 말고. 또다시 불랑국 병사들에게 잡혔다간 살아남지 못할 거야. 동

생은 걱정하지 마라. 잘 먹이고 입힐 테니까. 매우 해맑은 아이더
구나. 종일 재잘재잘하는 통에 이 난리 중에도 웃을 수 있었다."

"거짓말!"

조선인은 주저하지 않고 득이의 눈을 검은 천으로 가렸다. 그
런 다음 입에 재갈을 물렸다. 돛대에 묶인 줄을 푼 다음 득이를
들쳐 멨다. 득이가 묶인 두 손으로 조선인의 등을 내리쳐도 조선
인은 꿈쩍도 하지 않았다. 조선인은 출렁거리는 널빤지를 지나 육
지에 닿았다. 한 식경쯤 빠르게 걸어간 뒤에야 비로소 득이를 내
려놓았다.

"다시는 저 배에 오를 생각 하지 마라. 또 다른 배에 갈 생각도
하지 마라. 양이는 생각보다 포악해. 네 아무리 어린아이라 해도
자기네 배에 침범하면 가만두지 않을 거다. 내 말 잘 새겨들어야
해. 네 얼굴 다시 안 봤으면 좋겠다."

패랭이 조선인은 득이 눈을 가린 검은 천을 푼 다음, 어둠 속으
로 유유히 사라졌다. 득이는 나무에 등을 기대어 가까스로 일어
났다. 그러고 나서 손발을 묶은 줄이 나무의 날카로운 부분에 닿
도록 몸을 틀었다. 줄이 끊어질 때까지 몸을 위아래로 움직였다.
마침내 손과 발을 결박한 끈이 툭 끊겼다. 득이는 입에 물린 재갈
을 집어던지고는 집으로 향했다. 패랭이 조선인의 말처럼 다시 이
양선에 가지 않으려는 게 결코 아니었다.

다음 날 새벽, 득이는 강화성 북문 쪽으로 다가가 성 밖으로

몸을 던졌다. 생각보다 경사가 심해서 떨어질 때 다리를 삐끗했다. 그러나 그깟 아픔은 아무렇지도 않았다. 득이는 좁은 산길을 따라 달려갔다. 양이의 눈을 피할 방법은 그것밖에 없었다. 달리다 힘들면 걷고, 걷다가 마음이 급하면 달렸다.

산꼭대기에 오르자 해가 떠올랐다. 푸른빛 바다가 눈에 들어왔다. 북쪽 바다와 서쪽 바다에는 이양선이 보이지 않았다. 동쪽으로 고개를 돌리니 비쭉 솟아오른 이양선의 돛대가 보였다. 그런데 그 돛대를 단 배가 육지에 닿아 있지 않았다. 바다에 그대로 떠 있었다. 갑곶에서 본 배보다 갑절은 더 커 보였다.

'하아, 저 배에 어떻게 가지?'

산 넘어 산이었다. 이양선에 닿으려면 배를 타든지 헤엄쳐 가야 한다. 득이에게 배가 있을 리 없다. 헤엄은 칠 수 있지만, 염하에서 헤엄을 친다는 건 죽을 각오를 해야 하는 것이다. 염하의 물살은 태풍만큼 거세다. 물길을 잘 모르면 배가 뒤집히기 십상이다. 뾰족한 수가 떠오르지 않는다. 득이는 주저앉고 말았다. 어제 만난 조선인의 말이 귓가에 웅웅거렸다.

'다른 배에도 가지 마라. 저들은 생각보다 포악해.'

그러나 이대로 주저앉아 있을 수만은 없다. 득이는 일단 산에서 내려가기로 했다. 최대한 이양선과 가까운 곳까지 가서 그다음 일을 생각하기로 했다. 어제보다 해가 짧아졌다. 서두르지 않으면 산에서 길을 잃게 된다. 득이의 발걸음은 점점 더 빨라졌다.

갯벌에 도착해서야 득이의 발걸음이 멈췄다. 헉헉대며 숨을 몰아쉬다가 눈에 들어온 게 하나 있었다. 버려진 뗏목이었다. 가까이 가서 살펴보니 잔뜩 썩어 있었다. 뗏목을 엮는 노끈은 다 헤져 있었다. 게다가 뗏목의 절반은 갯벌에 파묻혀 있었다. 득이가 힘을 내 뗏목을 들어 올려 보았다. 들린다. 아직 희망이 있다. 구하고자 하면 얻는다고 했다. 쥐구멍에도 볕 들 날이 있다고 했다. 정성을 다하면 하늘이 돕는다고 했다. 득이는 동생을 만나 데려올 생각만 품었다. 그 밖에 다른 생각은 떠올리고 싶지 않았다.

'명이야 조금만 기다려. 이 오라비가 꼭 구해 줄 테니.'

갯벌 주위로 밤안개가 피어오르기 시작했다. 뗏목을 잡고 낑낑거리는 득이의 모습이 아스라이 사라졌다 다시 나타나곤 했다. 파도 소리조차 밤안개에 묻혀 들리지 않았다.

9
어린 사학쟁이

당진 관아를 떠나 한양으로 향하는 바우와 장 나졸이 화성(수원)에 다다랐다. 바쁘게 채근한 탓에 예정보다 이틀 정도 일찍 도착할 수 있었다. 장 나졸은 바우를 데리고 주막에 들어섰다. 주모가 오랏줄에 묶인 바우를 보더니 혀를 끌끌 찼다. 그 모습을 본 장 나졸이 남 들으라는 듯이 통박을 놓았다.

"죄인 처음 보슈. 뭘 그리 가엾어하냔 말이어?"

"어제도 그렇고 엊그제도 그렇고, 요 며칠 사이에 나졸 나리들이 죄인들을 끌고 가서 그러오. 그러다 도성이 죄인들로 가득 차겠소."

"나 참, 별걱정을 다 하는구려. 씨잘떼기 없는 생각이랑 접어 두고 여기 국밥 한 그릇이랑 막걸리 한 사발 주시오."

부엌으로 들어가는 주모의 눈길이 자꾸 바우에게 머물렀다. 저 어린것을 죄인이랍시고 끌고 다니냐는 눈빛이었다.

장 나졸은 평상에 앉고, 바우는 평상 끝에 걸터 앉았다. 주모가 국밥과 막걸리를 내오자 장 나졸은 게걸스럽게 밥을 퍼먹기 시작했다. 제 옆에 굶주린 바우가 있다는 건 아예 생각하지 않는 듯 쩝쩝대며 맛깔나게 국밥을 먹어 치웠다. 국물 한 방울 남기지 않고 뚝배기 옆에 붙은 밥풀까지 떼어 먹었다. 연거푸 막걸리 세 사발을 마시더니 부풀어 오른 제 배를 통통 치고는 평상 위에 대자로 누웠다. 주모가 방에 들어가 자라고 말하는 순간, 코 고는 소리가 울렸다.

바우는 빈 뚝배기를 바라보았다. 문득 어머니가 해주던 국이 떠올랐다. 뭔가가 울컥하고 목구멍까지 치솟았다. 바우는 침을 삼키며 고개를 돌렸다. 바우가 안쓰러운 주모는 누룽지를 내왔다. 잠자는 장 나졸에게 들킬까 봐 어서 먹으라고 손짓했다. 바우는 조심스럽게 주모에게서 받은 누룽지를 깨물었다. 배 속에 곡기가 들어가자 바우의 장기가 난리를 쳤다.

얼마 되지 않는 누룽지가 금세 동이 나자, 바우의 장기가 곡기를 더 달라고 아우성쳤다. 자기들을 죽게 내버려 둘 거냐고 소리치는 것 같았다. 하지만 바우에게는 성난 장기를 달랠 방도가 없다. 죽고 사는 건 모두 장 나졸에게 달렸다. 그가 먹을 걸 주면 먹는 것이고, 주지 않으면 굶는 것이다. 그가 가라고 하면 가는 것이고, 쉬자고 하면 쉬는 것이고, 멈추라고 하면 멈추는 것이다. 어떠한 선택도 할 수 없다. 서글프고 기막힌 처지를 한탄하기에도 이젠 지쳤다. 바우는 자신을 사람 껍데기만 쓴 인형이라고 생각했다.

다음 날, 바우와 장 나졸은 고갯길에 접어들었다. 고개에 거의 다 올랐을 무렵, 어디에선가 "누구 없소? 살려 주시오" 하는 소리가 들렸다.

"시방 이게 어디서 나는 소리여."

소리를 따라 길을 벗어나서 수풀 속으로 들어갔다.

"뭐여, 왜 이러고 있는 겨?"

한 사내가 제 목을 두 나무에 끼운 채 죽어 가는 소리로 사람 살리시오, 사람 살리시오 하고 외쳐 댔다. 장 나졸이 사내에게 물었다.

"이게 뭐 허는 짓이오?"

"뭘 그리 보고만 있소? 어서 빨리 내 모가지를 나무에서 빼놓아 달란 말이오. 곧 있으면 죽을 것 같단 말이오. 어서요."

애걸복걸하는 꼴이 꼭 올무에 걸린 산토끼 같았다. 장 나졸이 한 나무, 바우가 한 나무를 잡고 바깥쪽으로 힘껏 당겼다. 나무와 나무 사이가 조금 벌어지자 사내는 가까스로 제 목을 빼냈다. 긴장이 풀린 사내가 땅바닥에 털썩 주저앉았다.

"아이고, 죽다 살았네. 그나저나 고맙구려. 과객이 아니었으면 내 필경 오늘 밤을 넘기지 못했을 거요. 그런데 과객은……."

사내가 장 나졸의 옷차림을 훑더니 말투를 바꾸었다.

"나졸인가?"

"그렇소만."

"난 좌포도청 포교네."

장 나졸이 얼른 포교 앞에 엎드렸다.

"아이고, 포교 나리. 제가 몰라뵙습니다요."

"됐네, 일어나게. 자넨 날 구해 준 은인이 아닌가? 어서 일어나래두."

약삭빠른 장 나졸은 금방 일어나지 않고 여러 번 엎드리는 시늉을 하며 포교의 비위를 맞췄다. 포교가 직접 일으켜 세우려 하자 그제야 고개를 들었다.

"아니 어쩌다가 이리되셨습니까요?"

"말도 말게. 그 흉악한 사학쟁이가 날 이리 만들었지."

"네?"

"저 밑 동리에서 젊은 사학쟁이 하나를 추포했네. 그놈의 두 손을 단단히 결박하고 한양으로 압송하는 길에 그놈이 갑자기 오랏줄을 풀어 달라고 하지 않나?"

"거참 맹랑한 놈입니다요. 죄인 주제에 왜 오랏줄을 풀어 달라고 합디까?"

"그게 참, 앞이 급하다지 않나? 망할 놈이 주막에서 물을 한동이씩이나 마셨으니 오줌보가 터질 법도 했겠지."

"아무튼 사학쟁이들은 아주 명청해서 뒷일은 전혀 신경 쓰지

116

않습죠."

"게다가 나는 막걸리 마시고 제 놈은 못 마셨다면서 내게 되레 큰소리를 탕탕 치는 거야. 아무리 죄인이라도 막걸리 한 사발쯤은 줄 수 있지 않냐고."

"아니 그런 적반하장을 가만두셨습니까요? 저 같으면 그냥 다리 몽댕이를 확!"

장 나졸이 주장을 무릎에 대어 양옆으로 쪼개는 시늉을 했다. 포교는 그런 장 나졸을 흐뭇한 웃음으로 바라봤다.

"내가 인정에 또 약하질 않나. 한 걸음만 더 가면 오줌보가 터진다고 애걸하니 봐줄 수밖에. 아무튼 오랏줄을 풀어 주니 수풀로 들어가 일을 보더군. 볼일을 다 마치고 내게 다시 돌아오길래, 다시 오랏줄을 받으라고 했지. 그러더니."

장 나졸이 포교에게 몸을 기울였다.

"그랬더니요."

"이놈이 쏜살같이 달려오더니 이러는 거야. '오냐, 내 생나무 칼(옥에 갇힌 중죄인의 목에 씌우는 형구) 좀 써 봐라.' 놈이 뒤에서 내 가슴을 제 두 팔로 껴안더니 여기 나무 있는 데로 날 붙잡아 가더라고. 항우장사 같은 힘으로 두 나무를 얼른 벌리더니 내 모가지를 그 가운데에 끼워 버리는 거야. 그놈 손이 나무에서 떨어지자 내 모가지가 두 나무 사이에 꽉 끼고 말았지. 어찌나 날래고 힘이 세던지 달리 손쓸 도리가 없었다니까."

"아이고 어쩌나! 고난이 말이 아니었겠습니다요."

"말도 말게. 두 나무가 내 모가지를 점점 조여 오는데, 숨이 턱 막히고 하늘이 노랗게 보이고 까딱하면 황천길 갈 뻔했다니까. 아무튼 자네 덕분에 살았네. 참말로 고맙네."

포교가 장 나졸의 손을 덥석 잡았다.

"아이고 황송합니다요, 포교 나리."

"그런데……."

한참 제 고생담을 늘어놓은 포교가 그제야 바우를 발견했다.

"누군가, 저 어린아이는?"

"저놈도 사학쟁이 대역죄인입니다요."

"아, 그래? 그럼 한양으로 압송해 가는 건가?"

"그건."

장 나졸이 머리를 긁적였다. 양인 선교사를 잡기 위해 바우를 미끼로 쓴다는 건 아무도 모르는 비밀이어야 한다. 이놈 저놈에게 알려 주면 분명히 미끼를 탐낼 테니 철저히 숨겨야 한다.

"그렇습니다요. 한양으로 압송하는 길입죠."

"보아하니 열 살쯤 돼 보이네만."

"아이고, 저놈이 저리 좁쌀만 해도 열여섯이나 먹었습니다요."

바우는 헛말을 들었다고 생각했다. 장 나졸이 헛소리를 하는 것이라고 생각했다. 상전 앞에서 떠는 온갖 아부 가운데 하나라고 생각했다. 그러나 그렇지 않았다.

"열여섯이라고? 그리 안 보이네만."

"아이고 나리, 제가 왜 나리께 거짓을 고하오리까. 열여섯이 맞습니다요. 안 그러냐 이놈아."

장 나졸이 주장으로 바우의 명치끝을 푹 쑤셨다. 찌릿함이 바우의 가슴 속에 퍼져 나갔다. 바우는 윽 소리를 내며 고개를 떨구었다.

"보십시오. 맞는다면서 고개를 숙이지 않습니까?"

"그, 그래. 자네 말이 맞겠지, 암. 그나저나 내 부탁이 하나 있는데 들어주겠나?"

"포교 나리 부탁인데 들어주고 안 들어주고가 어딨습니까요? 분부만 내려 주십시오."

"이거 참, 구차한 부탁이긴 한데 말이야. 명색이 포교가 죄인을, 그것도 사학쟁이를 대낮에 놓쳤으니 포도청에 돌아가면 필경 형벌을 받을 걸세. 자네가 내 증인이 되어 주게. 어쩔 수 없는 일이었다고 날 변호해 줄 수 있겠나?"

"누구 분부라고 안 들어드리겠습니까요. 당연히 분부 받잡겠나이다."

"고맙네. 내 이 은혜 잊지 않겠네."

은혜를 잊지 않겠다는 포교의 말에 장 나졸은 포졸로 출세한 자신의 모습을 상상했다. 어쩌면 우연히 만난 포교 덕에 출셋길이 쉽게 열릴지도 모른다고 생각했다. 포교는 장 나졸의 음흉한

속을 모르는지 연신 장 나졸을 칭찬하고 격려했다.

한양으로 향하는 길에 감시자가 하나 더 늘었다. 어느 순간 바우는 말을 잃었다. 개처럼 끌려다니니 말을 할 수 있다 한들 아무 소용이 없다. 아무 말 없이 삶과 죽음의 심판자와 감시자를 따라가는 편이 나았다.

도성에 들어서자 장 나졸은 포교와 함께 좌포도청에 들어갔다. 바우는 좌포도청 감옥에 가두었다. 당진 관아에서와 달리 좌포도청 감옥에서는 바우에게 다리에 채우는 족쇄, 차꼬를 채우려고 했다. 바우의 가는 발목이 차꼬에서 자꾸 빠져나오자 포졸들은 오랏줄로 발목을 묶었다. 그런 다음 차꼬를 채웠다. 무거운 차꼬에 짓눌려 바우는 바위처럼 굳어 버렸다.

감옥에는 교우들이 가득 들어차 있었다. 고문으로 만신창이가 된 교우들을 다시 보는 건 고역이었다. 바우는 혹시나 어머니가 갇혀 있지 않은지 여자 감옥 쪽을 바라보려 했지만, 차꼬 때문에 도저히 움직일 수가 없었다. 피투성이가 된 교우들에게 도움을 청할 수는 없었다. 그건 참으로 면목 없는 일이다. 한양에서의 첫날 밤, 바우는 앉은 채로 잠이 들었다.

날이 지고 아침이 밝자 장 나졸이 감옥으로 왔다. 장 나졸은 바우를 끌어내었다. 한양 감옥이 최종 종착지가 아니었던 것이다. 바우는 어디로 가냐고 묻지 않았다. 물어봐야 답해 줄 사람이 아니다. 그런데 좌포도청을 빠져나온 장 나졸이 허공에 대고 욕지거리를 날렸다.

"은혜를 갚긴 뭔 놈의 은혜를 갚어? 에라이 엿이나 먹어라! 염병헐 놈, 암튼 상전이란 것들은 죄다 못 믿을 놈들이여. 그렇게 아양 떨며 지 비위 맞추고 편들어 줬는데, 이젠 그만 가던 길 가 보라고? 거참, 어이가 없네 그려. 포졸 쉽게 되나 했더니 역시나여. 에잇 육시럴 놈!"

장 나졸의 누런 가래침이 땅바닥에 찰싹 붙었다. 장 나졸은 바우를 노려보더니 손에 쥔 오랏줄을 자기에게 당겼다.

"뭐 혀? 얼른얼른 가야 한단 말이여. 순무영(강화도에 침략한 프랑스군을 섬멸하기 위해 임시로 조직한 군대)이 벌써 양화진에서 배 타고 떠났다지 않냐? 아무튼 끝까지 가야 하는구먼. 그래야 결딴이 나는 거여."

'새가 되고 싶다.'

바우는 제 몸이 새털처럼 가벼우면 어떨까 싶었다. 그러면 장 나졸이 훨씬 쉽게 자신을 끌고 다닐 수 있을 것이라 생각했다.

장 나졸과 바우는 도성을 빠져나와 한강 나루터로 향했다. 양화진에 이르렀을 때 장 나졸은 바우를 묶어 놓고 배를 구하러 뱃사공에게 갔다. 양화진 잠두봉 아래에 묶여 있는 바우는 둥둥둥 북소리를 들었다. 가슴을 파고드는 북소리가 끝나자, 사람들 한 무리가 잠두봉 끝으로 끌려 나왔다.

"예수 마리아, 예수 마리아, 예수 마리아."

잡혀 온 교우들이 흐느끼며 기도했다. 군졸들은 기도하는 교우들 등 뒤에서 칼과 창을 사정없이 휘둘렀다. 절벽 아래로 목이 떨어져 구르고 검붉은 피가 사방으로 튀었다. 군졸들은 아무렇지도 않게 사람들을 절벽 밑으로 집어 던졌다. 죽음의 공포를 느낄 새도 없는 만행이었다. 바우는 그 끔찍한 광경을 차마 눈 뜨고 볼 수 없었다. 눈을 질끈 감은 채 벌벌벌 떨면서 기도를 올렸다.

"하늘에 계신 우리 아비신 자여, 네 이름이 거룩하심이 나타나며……."

아무리 하늘에 계신 아버지를 목놓아 부르고 불러도 피비린내 나는 살육은 끝나지 않았다. '우리를 흉악에서 구하소서, 아멘' 하며 끝까지 애원해도 교우들의 피는 잠두봉 아래로 철철 흘러내렸다.

'어머니!'

기도 끝에 어머니가 생각났다. 바우가 눈을 크게 뜨고 잠두봉 쪽으로 걸음을 옮겼다. 오랏줄이 길지 않아 몇 걸음밖에 갈 수 없었다. 잠두봉 가장 높은 봉우리 미루나무 옆에 어머니가 서 있었다. 어머니 등 뒤에는 살기등등한 군졸 하나가 칼을 높이 쳐들고 있다. 어머니는 두 손을 가지런히 모았다. 상처투성이 얼굴인데도 환한 빛이 뿜어져 나왔다.

"어머니, 어머니!"

바우는 온 힘을 쥐어 짜내 어머니를 불렀다. 더 요란해진 북소리가 바우의 목소리를 집어삼켰다. 칼을 맞은 어머니는 하늘을 잠시 보더니 곧 절벽 아래로 떨어졌다. 바우는 눈을 감지 않았다. 어머니의 몸이 모래밭에 닿을 때까지 가슴을 짓누르며 바라보았다. 꽃잎이었다. 봄날 복숭아나무에서 떨어져 나와 흩날리는 복사꽃이었다. 끝끝내 억압과 구속에서 벗어난 한 떨기 나비 꽃이었다. 어머니의 시신이 땅에 닿음과 동시에 바우도 쓰러졌다.

"까무라친 겨?"

장 나졸이 바우를 흔들어 깨웠다.

"죽은 겨? 예서 죽으면 안 되는디. 야, 이놈아!"

바우가 눈을 뜨지 않자 장 나졸은 제 귀를 바우 가슴에 대었다. 심장이 멈춘 것 같지 않았다. 장 나졸은 바우를 둘러업고 배에 올라탔다.

배가 김포에 닿을 무렵 바우가 깨어났다. 장 나졸이 물이라도 한 모금 먹였기 때문이다. 장 나졸은 바우를 배에서 내리게 한 뒤, 타고 온 배를 양화진으로 돌려보냈다.

"기운 없더라도 가야 혀. 통진부(현 경기도 김포시 통진읍)에 있는 양헌수 대장헌티 가야 한다고. 내 말 들리는 겨, 안 들리는 겨? 제발 정신 차리라고!"

우악스러운 장 나졸의 아귀에 바우의 머리가 갈대처럼 흔들거렸다. 바우는 힘없이 눈을 껌뻑였다.

"니 힘으로 니 두 발로 걸으라고! 순무영에 가서 강화도에 들어가야 니 애비 조가 놈을 만날 수 있단 말이여. 알아들어? 니 애비를 만날 수 있다고!"

애비, 조가 놈. 잊고 있던 이름이다. 더욱이 아버지를 만난다니. 아버지를 만나면 따져 물을 거다. 아버지 때문에 어머니가 돌아가셨다고. 아버지 때문에 자신이 장 나졸의 미끼가 되었다고. 아버지 때문에, 아버지 때문에.

장 나졸은 급하게 말 한 필을 빌렸다. 바우를 안장에 주검처럼 올려놓고 순무영이 진을 치고 있는 통진부를 향해 내달리기 시작했다.

말이 통진부 군영에 이르자 병사들이 장 나졸을 막아섰다.

"누구냐?"

"오랑캐랑 싸우기 위해 왔소이다."

자진해서 전쟁터에 나가겠다고 하니 누구도 막지 않았다. 하지만 그건 장 나졸만 그런 거다. 열두 살 바우는 아니다. 장 나졸은 군관 앞으로 불려갔다. 소속과 이름을 확인한 군관은 장 나졸이 데리고 온 아이가 누구인지 물었다. 장 나졸은 어린 사학쟁이라고 했다. 왜 데리고 왔냐고 물으니 전쟁터에서 요긴하게 쓰일 거라고 했다. 이미 죽은 목숨이라 아무렇게나 마음대로 써도 괜찮다고 덧붙였다. 군관은 의미심장한 얼굴을 하고는 양헌수 대장에게 보고했다. 양 대장은 고개만 끄덕일 뿐 가타부타 말을 하지 않았다. 보고를 마친 군관이 장 나졸에게 지시했다.

"저 아이는 네 소관이다. 너는 내 소관이고. 그러니 너는 내 명령을 따라야 한다. 저 아이는 죽이든 살리든 네 마음대로 해도 좋다. 단, 우리가 필요하면 저 아이를 쓸 것이다. 알겠느냐?"

"여부가 있겠습니까요. 명대로 따르겠습니다요."

바우를 묶은 오랏줄은 제멋대로 점점 굵어져만 갔다. 얼마나 굵어질지, 언제까지 굵어질지 하늘에 계신 우리 아비신 자도 모를 일이었다.

10
미끼

양헌수 부대는 며칠째 통진부에 머물고 있었다. 출정한 지 열흘이 지나도록 한 발짝도 앞으로 나아가지 못했다. 염하를 건너 강화 섬에 들어가야 양이와 싸울 수 있는데, 염하를 건널 배가 한 척도 없었다. 프랑스군 함선이 바다에 뜬 모든 조선 배를 포격하고 불태웠기 때문이다. 떨어지는 군사의 사기와 함께 군량미마저 속절없이 줄어들고 있었다.

좀이 쑤신 장 나졸은 바우를 데리고 이 군영 저 군영을 기웃거렸다. 마침 화승총을 든 포수(사냥꾼)들이 눈에 띄었다.

"이게 화승총이구먼유. 말로만 들었는데 이리 보니 무시무시허네유."

곰방대를 든 포수 하나가 대거리를 했다.

"한번 만져 보겠소?"

"됐시유. 지가 만져 봐야 뭘 알겠슈. 잘못 만졌다가 탕, 총알이라도 날아가면 아주 낭패쥬."

"총알 없으니 안심하시오."

"아 그려유. 그렇담."

장 나졸은 가늠자에 제 볼을 대며 제법 사냥꾼 흉내를 냈다.

"탕! 이리 맞추는 거겠쥬."

"허허, 눈치가 보통이 아니오."

"눈치 허면 이 장상태지유. 그나저나 언제 강화에 들어가는 거유. 이거 좀이 쑤셔서 견딜 수가 있어야쥬."

"글쎄요. 뭐 대장님이 알아서 하겠지요. 그런데 당신에겐 왜 병장기가 없소."

장 나졸은 정식 군인이 아니라서 칼과 창 따위의 무기를 가지고 있지 않다. 그가 가진 건 주장뿐이다. 장 나졸은 당황한 기색도 없이 포수 귀에 대고 귓속말을 했다.

"별똥대지유. 특수 임무를 맡은 별똥대. 쉿! 비밀이유. 남들에게 절대 말하면 안 돼유."

포수의 눈이 커졌다. 포수는 입을 오므리며 장 나졸의 행색을 다시 훑었다. 장 나졸의 어이없는 말에 바우는 속으로 코웃음을 쳤다. 장 나졸은 어딜 가도 그 모양이라는 걸, 천성이 바뀔 리가 절대 없다는 걸 다시 한번 느꼈다.

벙거지를 고쳐 쓴 장 나졸이 포수에게 다시 물었다.

"언제 강화로 들어가는지 알고 있시유? 내가 여기 온 지도 벌써 사흘이나 지났는디, 뭐 다들 바지에 똥 싼 놈맨치로 가만히만 있지 않소."

"꿩이나 잡는 사냥꾼이 높으신 분들 하는 일을 어찌 알겠소. 진격하라면 진격하고, 바다를 건너라면 건너고, 총을 쏘라면 쏘는 거 아니겠소."

"어제도 양이 놈들이 쏜 대포가 아주 그냥 천지를 진동하는 게 가슴이 벌렁벌렁해서 잠도 지대로 못 잤슈."

이 정도면 엄살도 병이다. 코를 잔뜩 골았으면서 헛소리를 정성껏 해 댄다.

"저놈들 화력이 우리보다 세니까 그렇겠지요. 이깟 화승총으로 뭘 하려는지 나도 모르겠소. 양이 놈들 무찌르겠다고 자진해서 오긴 왔는데, 솔직히 저놈들 대포 소리 들으면 겁이 나긴 나오."

장 나졸이 포수의 어깨를 툭 치며 껄껄거렸다.

"나 원 참, 호랭이도 잡는 기읍산의 이름난 사냥꾼이 뭘 그런 말을 헌대유. 아서유, 아서."

"호랑이는 무슨 호랑이요. 내 최고의 사냥감은 멧돼지였소."

"아니 뭐, 다음에 호랭이를 잡으면 되지 않겠슈. 게다가 저 양이 놈들이 바로 호랭이 아니겠냔 말이유. 탕, 한 발이면 저놈들도 오줌 찍 지리지 않겠슈. 걸음아 나 살려라, 꽁지 빠지게 도망치지 않겠냔 말이유."

"허허, 그렇게 된다면야 오죽 좋겠소. 아무튼 아무것도 안 하고 가만히 있으려니 나도 좀이 쑤신다오. 여기 온 사냥꾼 중에 고향으로 돌아가겠다는 자도 있다니까요."

웃고 있던 장 나졸이 얼굴색을 확 바꾸었다.

"그런 경을 칠 자들이 있단 말이유. 어찌 나라를 위해 제 한목숨 바치지 않고 뒤로 내빼려고 한단 말이유. 나를 보시유. 내가 저 흉악한 양이 놈들을 깡그리 잡으려고 순무영에 자원한 거 아니겠슈."

깨알같이 자기 자랑질을 한다. 바우는 알고 있다. 장 나졸 저자가 정말 나라를 구하기 위해 순무영에 자진해서 들어온 게 아니라는 걸. 바우는 장 나졸의 허풍과 거짓말을 더는 듣고 싶지 않아 고개를 돌렸다.

포수는 아까부터 장 나졸 옆에 있는 바우가 궁금했다.

"누구요? 왜 아이를 묶고 다니는 거요?"

"아, 이놈이요. 이놈으로 말할 것 같으면 내 미끼유. 사냥꾼이니께 잘 알 거 아니유. 산짐승 잡으려면 미끼 쓴다는 거. 그런 미끼유."

이젠 낯선 사람에게까지 대놓고 미끼라고 떠벌린다.

"어찌 어린아이가 미끼일 수가 있소?"

장 나졸이 다시 포수의 귀에 대고 귓속말을 했다.

"내가 별똥대라고 했잖유. 그러니께 그냥 미끼라고만 알아 두

슈. 별똥대에서 쓰는 암호 같은 거라 생각하면 간단허유."

포수가 고개를 끄덕였다. 장 나졸은 어리숙한 포수를 잘도 속였다며 흐뭇한 웃음을 지었다. 그러더니 포수들이 머무르는 군막을 바라보며 포수에게 넌지시 물었다.

"막걸리 같은 건 없지유?"

머리를 긁적이던 포수가 장 나졸의 팔을 잡아끌었다.

"갑시다, 할 일도 없으니 한잔하십시다."

장 나졸을 군막으로 데리고 들어간 포수는 탄약통 하나를 꺼냈다. 탄약통에 탄약이 아닌 막걸리가 담겨 있었다. 포수는 술과 함께 말린 꿩고기도 내왔다.

"한 모금 하시오. 내 아끼는 건데 별동대라 하니 특별히 대접하리다."

"아이고, 이런 호사를……."

장 나졸은 탄약통을 들어 벌컥벌컥 막걸리를 들이켰다. 한 모금만 하라는 포수의 말이 무색할 만큼 두꺼운 목구멍 사이로 술을 들이부었다. 포수의 얼굴이 점점 일그러졌다.

"캬, 기가 막히네. 아주 맛난 술이유."

수염에 붙은 한 방울까지 닦아 입에 넣더니 말린 꿩고기에도 손을 댔다. 꿩고기를 바라보는 바우의 눈길이 애절했다. 며칠 전 양화진에서 어머니를 떠나보냈어도 배는 고팠다. 사람의 몸이라는 게 한없이 깊은 슬픔에 잠겨 아무것도 못 할 듯싶다가도 속이 비면 밥을 달라고 재촉한다. 바우는 꿩고기를 바라보면서 침을 꿀꺽 삼켰다. 인정 많은 포수가 그 모습을 보고 바우에게 선뜻 꿩고기를 내밀었다.

"먹어라."

바우가 장 나졸의 눈치를 살폈다. 장 나졸은 꿩고기 맛에 푹 빠져 바우는 신경조차 쓰지 않았다. 바우는 포수에게 받아 든 꿩고기를 입에 넣고 우적우적 씹기 시작했다. 고기의 단맛이 혀에 닿았다. 뭐라도 먹으니 기분이 한결 나아지는 깃 같았다. 기분이 좋아지니 그동안 겪은 고난과 참극이 눈 녹듯 사라지는 느낌이 들었다. 강화도로 건너가지 않고 이대로 통진부에 계속 머무르기를 바랐다.

이틀 후, 통진부에 진을 친 양헌수 부대에 이동 명령이 떨어졌다. 부대는 덕포진에 집결해 염하를 건널 준비를 했다. 그날 밤, 군사들이 배에 오르자 갑자기 거센 바람이 불어왔다. 그대로 배를 몰고 가면 표류하다가 길을 잃을 게 뻔했다. 다음 날 아침에 군사를 통진부로 돌리라는 명이 내려왔다. 통진부를 십 리 남겨 둔 지점에서 다시 덕포진으로 이동하라는 명이 내려왔다. 통진부로 돌아가라, 다시 덕포진으로 가라. 군사들의 발걸음은 느려지고 힘이 빠졌다. 양 대장과 군관들이 독려해도 지친 군사들은 움직이려 하지 않았다. 특히 정규 군인이 아닌 포수들의 반발이 심했다. 그들은 못 가겠다면서 길바닥에 드러누우려고 했다.

덕포진으로 돌아가 다시 염하를 건널 준비를 하고 배에 오르자, 또다시 회군 명령이 내려왔다. 포수들의 반발이 극에 달했다.

"뭐 하자는 것이오. 건너라, 돌아와라, 다시 건너라, 다시 돌아와라. 우리가 무슨 장기판의 졸이요? 못 가겠소. 아니 안 가겠소."

군관들이 칼을 휘두르며 위협해도 포수들은 꿈쩍하지 않았다. 총 든 자를 칼 든 자가 어찌할 수 없는 노릇이었다. 더욱이 포수는 양이를 물리칠 양헌수 부대의 주력이다. 전체 군사 가운데 3분의 1이나 차지한다. 그들을 데려가지 못하면 전투는 하나 마나다. 군관들이 어르고 달랬지만 소용없는 일이었다. 전날 거센 바람을 만나 배가 뒤집힐 뻔한 적이 있기에 하루아침에 물귀신 되기 싫어하는 것은 당연했다.

저 구석에 있던 장 나졸이 갑자기 포수들 앞으로 튀어나왔다.

"나 장상태요. 뭐가 그리 두렵소. 저 바다를 건너야 양이 놈들쳐부술 거 아니여. 백성이 돼 가지고 마땅히 나라를 지켜야 할 게아니여. 그게 나라님에 대한 백성 된 도리 아닌겨? 안 그려?"

며칠 전 장 나졸에게 술과 고기를 대접한 포수가 쭈뼛거리며앞으로 나왔다.

"맞소. 맞는 말이오. 나는 건너가겠소."

그러자 다른 포수들도 움직이기 시작했다. 그런데 이번에는 병졸들이 뒷걸음치며 배에 오르려 하지 않았다. 병자호란 후 300년

이나 조선에 전쟁이 일어나지 않아서 군기가 땅에 떨어진 탓이었다. 양헌수 대장이 칼을 빼 들고 사기를 북돋웠다.

"겁이 나느냐? 비겁한 병졸은 십만이라도 다 쓸모없다. 겁이 나면 통진부로 다시 돌아가라. 나 혼자 건너가겠다. 겁나는 자 물러서라. 나는 적과 싸우다 장렬히 죽겠다."

그제야 병졸이 하나둘씩 배에 올라탔다. 군사 수만큼 배를 갖추지 못해 한 번에 모든 군사가 염하를 건널 수 없었다. 배는 여러 차례 왔다 갔다 했다. 장 나졸과 바우는 마지막 배에 올랐다.

"드디어 강화로 들어가는 겨. 내 출셋길이 코앞에 와 있다고."

바우는 배에 오르는 내내 겁이 났다. 양이의 포악함과 잔인함이 장 나졸을 넘어설 것이라 짐작했다. 그동안 들어온 그들의 대포 소리는 포수들의 화승총 소리와 비교가 되지 않았다. 바우는 점점 더 죽음의 땅으로 들어간다고 느꼈다. 장 나졸이 아버지를 만나게 된다고 했지만, 만난다 한들 장 나졸에게 붙잡히고 말 것이다. 붙잡히면 죽음이다. 어쩌면 아비와 자식이 한날한시에 죽음을 맞이할지도 모른다. 바우는 기도했다. 강화도에서 아버지를 만나지 않게 해 달라고. 아버지는 청나라에 갔다 돌아오는 길에 풍랑을 만나 바다에 빠진 거라고 단정 짓고 싶었다. 이제는 부자의 만남에 어떠한 의미도 없다. 만남은 죽음을 가져올 뿐이다.

바우와 장 나졸이 탄 배가 서서히 염하를 가로질렀다. 바람은 어제와 달리 잔잔했다. 이대로라면 무사히 뭍에 닿을 것이다.

배가 염하 한가운데를 지날 때였다. 바우가 탄 배 앞에서 어떤 병사가 고함을 쳤다.

"회항하라. 회항하라."

바우가 탄 배의 노꾼이 그 소리를 듣더니 급히 노를 저었다. 그 소리를 들은 다른 배들도 방향을 틀기 위해 뒤뚱뒤뚱했다. 배들이 우왕좌왕하는 중에 다른 소리가 들렸다.

"아니다. 회항해서는 안 된다. 계속 건너라."

건너라, 돌아와라, 다시 건너라, 다시 돌아와라, 회항하라, 계속 건너라. 도대체 몇 번째인가? 이런 한심한 군대를 프랑스군 함대는 모르고 있었다. 한밤중에 변덕이 죽 끓듯 하는데 프랑스군은 어떤 정찰도 감시도 하지 않았다. 마침내 병졸 한 무리를 실은 배 한 척이 어둠 속으로 영영 사라졌다.

양헌수 부대가 도착해야 할 강화 덕진진에는 밤안개가 자욱했다. 득이는 덕진진 근처에서 갯벌에 박힌 낡은 뗏목을 빼내려고 용을 쓰고 있었다. 한참 씨름한 끝에 뗏목을 온전히 빼낼 수 있었다. 득이는 뗏목을 끌고 물가로 갔다. 가다가 나무 하나가 쑥 빠졌다. 뗏목을 이은 끈도 스르르 풀렸다. 화가 난 득이가 뗏목을 내팽개쳤다.

'제기랄, 뭐 이리 되는 게 하나도 없냐!'

하지만 포기할 수는 없었다. 득이는 빠진 나무를 뗏목에 붙였다. 혹시나 느슨한 곳이 또 없는지 꼼꼼하게 살폈다. 득이의 앙칼진 손재주 덕에 뗏목은 그럴싸하게 보였다. 물에 올려놓으면 제대로 뜰 것 같았다. 득이는 남은 힘을 모두 모아 뗏목을 물 위로 옮겼다. 뜬다! 가라앉지 않는다. 이대로 노를 저어 가면 양이 놈들의 배에 닿을 수 있다. 그런데 밤안개가 문제다. 어디로 가야 할지 모르겠다. 득이는 갯벌에 닿은 노를 힘차게 밀었다. 물가를 조금 벗어나면 안개에서도 벗어나지 않을까 싶었다.

몇 차례 노를 저었을 때 불빛이 보였다. 여남은 불빛이 밤바다에 어른거렸다.

'벌써 양이 놈들 배에 다다랐나?'

득이 눈에 보인 불빛은 파도와 가까웠다. 이양선에서 새어 나오는 빛이라면 파도와 한참 멀어야 한다. 이양선은 조선의 어느 배보다도 높고 거대하다. 득이가 노를 젓지 않는데 불빛은 득이와 점점 가까워졌다. 겁이 난 득이는 뗏목을 돌리려고 노를 밀었지만, 노가 갯벌에 박혀 움직이지 않았다. 불빛은 멈추지 않고 반딧불처럼 고요히 다가왔다.

'빠져라, 제발. 움직여야 한다고.'

힘이 너무 깊이 들어갔다. 그만 노가 부러지고 말았다. 그와 동시에 불빛이 득이 코앞에서 멈췄다.

"누구냐? 뭐 하는 놈이냐?"

병졸 두어 명이 칼을 빼 들고 득이의 뗏목 위에 뛰어들었다. 병졸들은 다짜고짜 득이를 붙잡아 무릎을 꿇렸다. 상황이 정리되자 군관이 뗏목에 올라탔다.

"이 야심한 밤에 뗏목을 타고 어디로 가는 것이냐?"

두 손을 결박당한 득이가 고개를 쳐들고 대답했다.

"양이 놈들 배요."

"뭐라고? 양이 놈들 배에는 왜 가?"

"동생이 잡혀갔어요."

"무슨 소리를 하는 거냐?"

"동생을 찾으러 가야 한다고요."

군관에게는 득이와 실랑이할 시간이 없었다. 어서 빨리 군사들을 뭍에 내리게 해야 한다. 군관은 군졸들에게 득이의 입을 틀어막으라고 지시했다. 그러고 나서 득이를 포수들이 탄 배에 실었다.

득이가 실린 배 옆으로 바우가 탄 배가 지나갔다. 안개가 아까보다 더 짙어져 바우는 묶인 채 끌려가는 득이를 볼 수 없었다. 아니 바우에게는 다른 사람들을 신경 쓸 마음자리가 없었다. 염하를 감싼 짙은 밤안개만큼 앞으로의 날들이 흐릿하기만 했다. 수없이 목숨을 저버렸다고 생각했지만 아침 해는 어김없이 떠올랐다. 장 나졸에게 잡힌 뒤로 수없이 혀를 깨물려고 했지만 생각뿐이었다. 굶어 죽겠다고 다짐하고 다짐했건만 요동치는 배 속을 이기지 못했다. 돌아가신 어머니 생각에 눈물지으며 잠들었다가 깨어나면, 여전히 숨이 쉬어지고 앞이 보이고 소리가 들렸다. 여전히 살아 있는 자신을 한탄해도 살고자 하는 의지는 남아 있었다. 언제까지 이렇게 살아야 하는 건지, 이렇게 사는 게 사는 건지 더는 생각하기 싫다가도 어느새 다시 그런 생각을 하는 자신이 원망스러웠다.

어쨌든 바우는 염하를 건넜다. 득이는 염하를 가로질러 이양선에 가려다 잡혔다. 한 아이는 가기 싫은 낯선 섬으로 끌려가고, 다른 아이는 자기가 나고 자란 섬으로 동생을 데려오려다 끌려갔다. 마침내 바우와 득이가 만났다. 강화라는 섬, 육지로부터 닫힌 곳이자 바다를 향해 한없이 열린 곳에서.

11
어쩔 수 없다

염하를 건넌 양헌수 부대는 조용히 덕진진으로 들어갔다. 북쪽 강화성을 점령한 프랑스군은 조선 군대가 강화도 남쪽으로 들어올지 예상하지 못했다. 그저 강화성만 붙들고 있으면서 한강으로 들어가는 길목만 지키면 조선이 알아서 항복할 줄 알았다. 그들은 방심했다. 조선을 문명이 발전하지 않은 미개한 나라, 청나라 변방의 속국으로 여긴 탓이었다.

물에 오른 양헌수 부대는 섬 안쪽으로 방향을 잡았다. 든든한 울타리가 되어 줄 삼랑성 가는 길은 순탄했다. 적이 강화성에만 모여 있기 때문이었다. 부대가 외딴 주막 앞에서 행군을 멈췄다. 잠시 쉴 참에 득이를 붙잡았던 군관은 득이 입에서 재갈을 뺐다.

"바삐 행군해야 하니 빼 주는 거다. 허튼수작 부리면 다시 물릴 줄 알아!"

군관의 엄포는 자못 무겁고 매서웠다. 득이는 볼을 부풀리며 제 딴에 불만을 드러냈다.

'같은 조선 사람인데 하는 짓은 양이 놈들이랑 똑같아. 괜히 사람 붙잡아 묶고 재갈 물리고. 내 참, 더러워서.'

득이와 멀찍이 떨어져 있는 장 나졸은 바우를 끌고 주막 앞을 기웃거렸다. 밤새 배를 타고 걸었더니 허기가 졌다. 주막에서 뭐라도 얻어먹을까 싶어 주모를 불렀다. 주막 안에서는 주모 대신 나이 든 노인이 나왔다. 군사들을 본 노인이 심드렁한 얼굴을 했다.

"주모는 없고 노인네만 있구먼."

"어디에서 오는 군사들인지."

장 나졸은 순무영 군졸도 아니면서 군졸인 척했다.

"한양에서 오는 길이유. 양이 놈들 쳐부수러. 거, 먹을 것 있으면 좀 내오슈."

"이 한밤중에 사람 깨워 놓고 무슨 먹을 것을 달라는 거요. 없소."

노인은 단잠을 깨운 군사들이 마뜩잖았다. 다짜고짜 먹을 것을 내놓으라는 장 나졸의 태도도 심기를 불편하게 했다. 하지만 장 나졸은 까탈스러운 노인을 그냥 두고 볼 사람이 아니다.

"아니, 이 노인네가 순무영을 우습게 보는 거여? 어디서 감히 나라님의 군대를 무시하는 거여. 아주 따끔한 맛을 봐야 정신 차릴 텨?"

장 나졸이 허리춤에서 주장을 꺼내 들었다. 아버지뻘 되는 노인을 오만방자하게 대하는 장 나졸을 보고 득이는 얼굴을 찌푸렸다. 아무리 개차반 같은 장 나졸이어도 노인에게 그래서는 안되기 때문이다. 몽둥이를 본 노인이 뒷걸음질을 쳤다. 그러더니 주막 뒤편으로 달아났다. 장 나졸은 바우를 붙잡고 있는 처지라 쫓아갈 수 없었다. 노인을 향한 장 나졸의 욕지거리가 밤하늘을 갈랐다.

"저놈의 노인네가 사람을 엿 먹여? 아무튼 이번에 양이 놈들 다 때려잡고 나면, 그다음은 저 노인네여. 내가 망할 놈의 노인네 명줄 잠시 놓아 준 거여. 에라이 퉤퉤!"

장 나졸은 더러운 제 입에서 묽은 가래침을 뱉어 발로 짓이겼다. 늘 불만과 분노를 제 마음대로 토해 내는 장 나졸, 바우는 여전히 그가 역겹다.

다시 행군이 시작되었다. 득이는 군관에게 어디로 가는 거냐고 물었다. 군관은 쥐방울만 한 게 별걸 다 묻는다며 퉁박을 놓았다. 득이가 끌려가더라도 어디로 끌려가는지 알아야겠다고 하자, 꿀밤 하나가 정수리에 날아들었다. 득이는 지지 않았다. 자기는 강화도 사람이니 강화도 하면 모르는 데가 없다고 항변했다. 군관은 콧방귀도 뀌지 않았다. 옆에서 계속 재잘대면 다시 재갈을 물리겠다고 으르렁댔다. 부대가 전등사에 가까워지자 득이는 삼랑성을 떠올렸다.

득이의 예상대로 양헌수 부대는 전등사를 지나 삼랑성에 올랐다. 조선군의 든든한 울타리가 되어 줄 그 성에서 전열을 다듬은 다음, 강화성으로 진격할 계획을 세운 것이다. 군사가 모두 삼랑성 안으로 들어가자, 군관은 득이를 장 나졸에게 맡겼다.

"바다를 건널 때 잡은 놈이야. 수상쩍어서 이리 묶어 놨으니 자네가 잘 지키고 있게."

"여부가 있겠습니까요."

대답은 그렇게 했지만 군관의 지시가 마음에 들지 않았다. 바우라는 혹도 귀찮아 죽겠는데, 그 혹을 떼어 내지는 못할망정 또 다른 혹이 붙었으니 성질이 날 수밖에 없었다. 군관이 눈 밖으로 사라지자, 장 나졸은 조금 전의 느물느물한 얼굴을 싹 지워 버렸다.

"지가 내 상전이여, 뭐여. 거참, 같잖아 죽겠네. 지가 귀찮으니께 내게 떠맡긴 거 아녀. 그러게 왜 어린놈을 붙잡아서 이 화근이냔 말이여. 잡으라는 양이 놈들은 안 잡고."

장 나졸이 떠드는 사이에 득이는 바우를 바라봤다. 초점 없는 흐리멍덩한 바우의 눈빛이 득이에게는 낯설지 않았다. 그건 임금의 옛 궁궐을 지으러 떠났다가 다리 하나를 잃고 돌아온 아버지의 눈빛과 닮았다. 화재의 책임을 뒤집어쓰고 흠씬 두들겨 맞은 뒤 도성 밖으로 버려진 가여운 가장의 슬픈 눈이었다. 그러나 돌아가신 아버지를 떠올리면 자꾸 고개를 젓게 된다. 눈에 넣어도 아프지 않을 제 딸자식을, 제 혈육을 오랑캐 손에 넘겨준 사람이

아버지다. 오랑캐가 잘 먹이고 키울 것이라며, 자기에게는 아비
된 자의 능력이 없다며 가장의 책임을 헌신짝 버리듯 내팽개친
사람이다.

"이름이 뭐여?"

눈빛이 빛나는 사람은 장 나졸이다. 뭐라도 빼먹을 게 있지 않
겠냐는 눈빛이다.

"드, 득입니다."

"득이? 얻을 득? 뭘 얻으려고 이름을 득이라고 지은 겨?"

이름을 스스로 짓는 사람이 있단 말인가? 아버지가 득이라 했
으니 득이다. 왜 득이로 지었는지 한 번도 생각해 본 적이 없다.

"허기사 니깐 놈이 뭔 놈의 문자를 알겠냐? 그나저나 왜 잡혀
온 겨?"

득이는 생각했다. 민 대감 집에 일하러 갔다 집에 돌아오니 명
이가 양이에게 잡혀갔다는 그 긴 이야기를 낯선 자에게 해야 할
까? 명이를 찾으러 이양선에 올랐다가 잡힌 다음, 조선인 앞잡이
를 만나 배 밖으로 던져졌다고 말해야 할까? 명이가 탄 이양선에
오르기 위해 갯벌에 박힌 낡은 뗏목을 꺼내 바다로 나갔다는 말
까지 모조리 말할 이유가 있을까? 그것도 처음 보는 표독스러운
자에게. 득이는 대답하지 않기로 했다.

"벙어리여? 입은 뚫린 것 같은디 왜 말을 안 혀?"

장 나졸은 허리춤에 걸린 주장을 만지작거렸다. 득이가 침을

꿀꺽 삼켰다.

"허허, 겁쟁이로세. 어린놈이라 별수 없는 거여. 허허."

득이가 장 나졸을 노려봤다.

"어쭈, 째려보면 워쩔 거여? 우숩네 우수워. 코딱지만 한 것이
나졸 나리헌티 기어오르려 허네. 아주 기가 막히고 코가 막힐 일
이여. 안 그러냐, 바우야."

괜히 바우에게 제 역성을 들라고 채근한다. 이상하게 친한 척
을 한다. 바우 목숨 줄을 쥐고 마음껏 흔들어 댈 때와는 사뭇 다
르다. 종잡을 수 없는 인간이지만 한 가지는 분명하다. 이득이 될
만하면 찰거머리처럼 붙어서 절대 떨어지지 않는다는 것.

"나가 장상태, 장 나졸이여. 여기 바우란 놈이 나를 잘 알지. 내
손에 한 번 걸리면 올가미처럼 절대 빠져나오지 못한다는 걸. 발
버둥 치면 칠수록 올가미가 살 속으로 깊이깊이 파고든다는 걸.
시간 끌면 니만 손해여. 피는 점점 흥건해지고 상처는 더 깊어질
테니께. 좋은 말 할 때 부는 게 피차 좋은 거여. 뭣 때문에 잡힌
거여?"

장 나졸의 말은 생각보다 거침이 없다. 도랑물처럼 유유히 잘
도 흘러간다. 그의 말속에는 칼과 독침이 잔뜩 들어 있다. 잘못
말을 섞었다가는 무슨 봉변을 당할지 모른다. 그러나 그건 겪어
봐야 아는 것이다. 득이는 장 나졸의 진면모를 아직 모른다. 그래
서 아직은 대들 만하다고 생각했다.

득이가 대답하지 않자 장 나졸은 득이 앞으로 성큼 다가갔다. 득이의 입을 우악스럽게 벌리더니 고개를 갸웃거렸다.

"입천장에 꿀 발라 놓은 것도 아닌디 대답을 안 허네. 이놈도 독종이구먼."

장 나졸은 벌려 놓은 득이의 입을 닫는다면서, 왼손으로 정수리를 누르고 오른손으로 턱을 받쳤다. 그런 뒤 일시에 양손을 손뼉 치듯 쳤다. 딱 하는 이 부딪치는 소리와 함께 장 나졸의 비웃음이 터져 나왔다.

"흐흐흐, 재밌네, 재밌어."

졸지에 장 나졸에게 당한 득이는 인상을 잔뜩 찌푸리며 신음을 내뱉었다. 대들 만해서 지지 않으려고 했는데 뜻대로 되지 않아 화가 났다. 득이가 장 나졸에게 할 수 있는 거라곤 씩씩대며 노려보는 것밖에 없었다.

염하에서 득이를 붙잡았던 군관이 장 나졸에게 다시 왔다. 군관은 득이를 붙잡고 양헌수 대장에게 데리고 갔다. 양 대장이 득이에게 물었다.

"무슨 일로 염하를 건너려 했느냐?"

"양이에게 잡혀간 동생을 찾으러 가는 길이었습니다."

"동생이 양이에게 잡혀갔다고? 참말이냐?"

"참말입니다. 어찌 대장님께 거짓을 말하겠습니까?"

"그 야심한 밤에 염하에 떠 있는 양이 배에 간다고? 무모한 짓

144

아니냐?"

양 대장 말이 맞다. 무모하고 위험천만한 일이다. 하지만 그 방법 외에 다른 방법은 없었다. 어떻게 해서든 양이 배에 몰래 들어가 동생을 구해 와야 한다. 그게 오빠로서 마땅히 해야 할 일이다. 아버지는 버렸어도 오빠는 그래선 안 되기 때문이다. 한 아버지에게서 난 자식이니까.

"다른 방법이 없었습니다."

"양이 배에 오른 적이 있느냐?"

있다. 김 씨 아저씨를 따라 양이 놈들이 강화도 백성에게서 빼앗은 물건을 실어 날랐다. 그런데 그렇다고 섣불리 대답했다간 오해를 불러일으킬 수 있다. 득이는 대답하기를 망설였다. 군관이 대답을 재촉했다.

"순무영 천총 나리 말씀이시다. 얼른 대답해라. 양이 배에 오른 적이 있느냐?"

"…… 있습니다."

"양이가 노략질한 물건을 자원해서 진 자가 무수히 많다고 들었거늘, 네놈이 그 불측한 무리 가운데 하나였구나. 더구나 양이와 같이 다니면서 노략질을 한다더니 네놈도 그러했느냐?"

"그러진 않았습니다. 소인이 양이 배에 오른 건……."

득이의 옆구리에 군관의 몽둥이가 날아들었다.

"어느 안전이라고 네 죄를 변명하려 드는 게냐?"

양 대장이 군관을 향해 손을 가로저었다. 그만하라는 뜻이었다.

"염하에 떠 있는 양이 배에 동생이 있다는 건 어찌 알았느냐?"

득이는 통증이 전해져 오는 옆구리를 움켜잡으며 대답했다.

"조선인 앞잡이가 알려 주었습니다. 동생을 다른 배로 옮겨 갔다고 말입니다."

"조선인 앞잡이? 그놈이 양이의 간자더냐? 네놈은 어떻게 그 간자를 만났느냐?"

"양이 배에 붙잡혀 있던 중에 그자가 나타났습니다."

양 대장이 눈을 부릅뜨며 득이의 눈동자를 내려다보았다.

"삯짐 지기를 자원하여 양이 배에 올랐는데 붙잡혔다? 붙잡혔는데 양이의 간자가 나타났다? 그렇다면 어떻게 그 배에서 빠져나왔느냐?"

"그 앞잡이가 풀어 줬습니다."

틀린 말이 아니었다. 조선인 앞잡이는 분명히 득이를 양이 배에서 빼내었다. 묶인 손과 발, 물린 재갈을 풀어 준 건 아니지만, 어쨌든 두들겨 패거나 죽이지 않고 성한 몸 그대로 숲에 버렸다. 그러면서 다시는 양이 배에 얼씬거리지 말라고 했다. 무모한 짓을 했다가는 잔인하고 포악한 양이가 가만두지 않을 거라고 경고했다. 그러나 앞잡이가 득이를 풀어 줬다는 말을 양 대장은 다르게 들었다.

양 대장은 득이를 밖으로 내보라고 손짓했다. 양 대장의 지시를 받은 군관은 또다시 장 나졸에게 득이를 맡겼다.

"자네 사학쟁이 잡는 나졸이라며? 이놈 좀 심문해 보게. 의심쩍은 구석이 한두 군데가 아니라서 말이야."

"여부가 있겠습니까요. 심문이라 하면 이 장 나졸입죠. 헤헤."

돌고 돌아 다시 장 나졸이다. 다람쥐 쳇바퀴 돌 듯 악순환은 멈출 생각을 하지 않는다.

장 나졸은 득이의 어깨를 짓눌러 무릎 꿇린 다음, 득이 무릎 위에 제 발을 척 올렸다. 주장을 빼 들어 득이의 턱에 대고 위로 한껏 치켜올렸다. 바우는 모욕당하는 득이가 안쓰럽다. 당진 관아 감옥에서 장 나졸에게 당한 치욕이 떠올라 몸서리를 쳤다.

"말혀!"

"뭘 말이오?"

"뭐여, 말이 짚신 꽁다리만치 짧네."

말투는 굼벵이 같아도 매질만큼은 벌새처럼 날쌔다. 장 나졸의 주장은 어느새 득이의 허벅지를 내리치고 있었다. 아악, 내뱉을 수밖에 없는 소리였다.

"계속 맞을 텨, 사실대로 토설할 텨?"

득이는 입술을 깨물었다. 마침내 장 나졸을 이길 수 없다고 깨달았다. 득이는 요 며칠 동안 자신에게 벌어진 일을 빠짐없이 토설했다. 장 나졸은 고개를 까딱거리며 득이의 이야기를 들었지만, 귀담아듣는 모습은 아니었다.

득이의 이야기를 다 들은 장 나졸은 득이와 바우를 한곳에 묶어 두고 군관에게 갔다. 득이와 바우가 한곳에 있다. 마주 보는 것이 아니라 등을 맞대고 있다. 그렇다고 온전히 등을 맞댄 것은 아니다. 둘은 비스듬하게 묶여 있다. 고개를 돌리면 얼굴을 볼 수 있을 정도다. 군관에게 간 장 나졸은 어쩐 일인지 금세 돌아오지 않는다. 득이와 바우 둘 사이에 어색한 침묵이 흘렀다. 득이는 왠지 창피하다. 저보다 한참이나 어려 보이는 녀석 앞에서 매질을 당했으니 그럴 만도 하다. 그러고 보니 장 나졸에게 맞을 때 녀석은 떨떠름한 표정을 지었다. 어린놈에게 무시당한 것 같아 화가 끓어오른다. 속에서 은근슬쩍 앙갚음하려는 마음이 생겨난다. 하지만 묶여 있다. 주먹이라도 한 대 날리고 싶은데 손목이 잡혀 있다.

"너는 뭐냐?"

득이가 바우에게 처음 꺼낸 말이었다. 득이 딴에는 최대한 위엄 있고 묵직하고 권위에 찬 말투다. 바우는 자신이 누군지 밝히고 싶지 않다.

"벙어리냐? 입천장에 꿀 발라 놨냐?"

장 나졸이 자기에게 비아냥거린 말을 바우에게 고대로 던졌다. 그러면서 그다음에 할 말을 떠올렸다. 장 나졸이 했던 말이 귓가에 맴돌았다. 그래도 바우는 대답하지 않는다. 바우는 장 나졸의 말본새를 잘 알고 있다.

"말해, 말하라고!"

먼저 화를 낸 쪽은 득이였다. 득이는 제 분을 못 이겨 고함을 질렀다. 장 나졸에게 당한 걸 분풀이하듯 고개를 돌려 바우를 노려보며 쏘아붙였다. 바우는 득이를 보지 않는다. 득이의 물귀신 전술에 말려들지 않기 위해서다. 지금은 말하지 않고 보지 않고 듣지 않는 게 상책이다. 바우가 목석처럼 굴자 득이는 더 화를 터뜨렸다. 온몸을 흔들고 발버둥을 쳤다. 묶인 오랏줄을 풀려는 게 아니었다. 그렇게라도 하지 않으면 미쳐 버릴 것 같아서였다.

그동안 쌓인 분노와 울분을 욕심껏 털어 버린 득이는 잠잠해졌다. 또다시 득이와 바우 사이에 침묵의 강이 흘렀다. 장 나졸은 여전히 돌아오지 않는다. 득이는 차라리 장 나졸이 빨리 돌아와 이 어색한 분위기를 깨는 게 낫겠다고 생각했다. 고요함은 쓸데없는 기억을 불러일으킨다. 낯선 침묵 가운데에서 군관이 장 나졸에게 했던 말이 득이 머릿속에 떠올랐다.

'자네 사학쟁이 잡는 나졸이라며?'

득이는 고개를 돌려 바우에게 물었다.

"너 혹시 사학쟁이냐?"

이 질문만큼은 바우 귀에 또렷하게 들렸다. 누구도 바우에게 이 질문을 하지 않았다. 장 나졸은 바우네 가족이 사학쟁이인 줄 알았기에 따로 묻지 않았다. 한밤중에 벌어진 살육의 현장에서 운 좋게 살아남은 뒤, 장 나졸에게 끌려다니는 길에서도 누구 하나 사학쟁이냐고 묻지 않았다. 그들이 나서서 묻기 전에 장 나졸이 먼저 떠벌렸다. "이놈은 나라 팔아먹는 대역죄인이요, 이놈의 목숨 줄은 내가 쥐고 있소." 바우로서는 낯설면서도 이상하리만큼 친근한 물음이었다. 그래서인지 그 질문을 받고 마음이 흔들리지 않았다. 갑자기 대답하고 싶어졌다.

"그래."

짧은 대답인데 울림이 컸다. 득이는 그다음 질문을 생각해 내지 못했다. 겨우 생각해 낸 게 고작 이거였다.

"미친놈!"

누가 누굴 보고 미친놈이라고 하는지 모르겠다. 동생 구하겠다고 양이 배에 오르려는 놈은 미친 게 아닌지. 득이는 한술 더 떴다.

"어디 믿을 게 없어서."

그러는 자신은 뭘 믿고 낡은 뗏목에 몸을 실은 채 양이 배에 접근하려 했을까? 무슨 근거로 바다에 떠 있는 양이 배에 동생 명이가 갇혀 있다고 믿는 걸까? 명이를 양인 선교사에게 보냈다는 제 아버지 말은 왜 믿지 않는 걸까?

"사학쟁이가 여기까진 왜 왔냐?"

오고 싶어서 온 게 아니다. 득이 너도 붙잡히고 싶어서 붙잡힌 건 아니지 않은가? 너나 나나 제 뜻과 상관없이 붙잡혀서 여기까지 끌려온 것이다. 말 같지도 않은 질문을 언제까지 할 셈이냐?

장 나졸이 득이를 심문할 때 바우는 득이가 겪은 모든 일을 옆에서 다 엿들었다. 대화의 주도권은 정보를 쥔 바우에게 있으면 있지, 결코 득이에게 있는 게 아니다. 그런데도 득이는 주제를 모르고 화풀이를 멈추지 않으려고 한다. 득이가 다시 질문하려는 때에 장 나졸이 돌아왔다. 군관을 만나고 온 장 나졸은 의미심장한 얼굴로 득이와 바우에게 말했다.

"시방부터 우리 셋은 함께 움직인다, 알겄냐?"

뜬금없다. 분명히 무슨 꿍꿍이가 있는 거다.

"니들은 이제 매복병이 되는 거여. 양이 놈들을 단칼에 베기 위해서 니들이 꼭 해야 할 일이 있다. 득이 너, 동생 찾겠다고 혔지? 양이 놈들 무찔러야 동생 구할 거 아녀? 안 그려?"

틀린 말은 아니다. 당황하는 득이에게 장 나졸이 속삭였다.

"천총 나리가 널 양이의 간자로 의심하는구먼. 니가 양이 배에 갔다 온 게 증좌(증거)라고 하던디. 간자로 의심받으면 죽은 목숨이여."

간자라니, 득이에게 갑자기 죽음의 공포가 닥쳐왔다.

"아직 살날이 구만리인디 벌써 죽을 거여? 죽기 싫으면 잔말 말고 내 말 들어."

득이는 어쩔 수 없다고 생각했다. 해야 할 일이 뭔지는 몰라도 그 일로 양이를 물리칠 수 있다면 분명히 동생을 구할 수 있을 것이다. 내키지 않지만 해야 한다.

할 말을 다 마친 장 나졸은 득이의 손과 발에 묶인 오랏줄을 풀었다. 양 대장에게 받은 임무를 충실히 수행하려면 득이의 몸은 구속되지 않아야 한다. 그러나 바우는 묶인 채 그대로 놔두었다. 바우는 어디까지나 양인 선교사와 양인 앞잡이 조 서방을 잡기 위한 미끼이기 때문이다. 장 나졸은 미끼가 무엇인지 명확히 안다. 낚싯바늘에 걸려 있지 않은 미끼는 미끼가 아니라는 걸. 바우뿐 아니라 득이도 언제든 미끼가 된다는 점도 그는 간파하고 있었다.

12

새벽 가을바람

손등을 간지럽히던 빗방울이 손등에서 튀어 오를 만큼 굵어졌다. 한참 열이 올라 나불대던 장 나졸이 얼른 나무 기둥에 붙었다.

"늦가을에 뭔 비가 이리 오는 겨. 고뿔이라도 들 맨큼 으스스하구먼."

장 나졸을 따라 득이도 나무 기둥으로 비를 피했다. 바우만 그 자리에 그대로 앉아 있었다. 내리는 비를 모두 빨아들이겠다는 것인지 미동조차 하지 않았다.

"저놈이 참말로 독종이여. 감옥에서 죄다 죽어 나갈 때도 지 혼자 살았다니께. 키가 작아서 살아난 건디, 몸은 만신창이가 되었어도 눈빛은 번뜩이게 살아 있더라니께."

득이는 바우를 다시 봤다. 죽다가 살아난 독한 녀석! 그러니 비가 여름 장마처럼 퍼부어도 저리 망부석처럼 굳어 있는 것이다.

"나졸 나리……."

"왜? 뭔 질문이여."

"혹시 전투를 해 보신 적이 분명……."

장 나졸이 믿을 수 없는 사람이란 걸 득이가 모를 리는 없다. 그래도 전투가 벌어지면 득이는 두려울 수밖에 없다. 창검 하나 가진 것 없는 맨몸이니 멀대 같은 양이를 상대하기에는 역부족일 것이다. 장 나졸은 그래도 어른이다. 목숨이 경각에 달린 위급한 상황에서는 도움이 될 수 있다.

"예끼, 이놈아. 나 장상태를 뭘로 보는 겨? 내가 사학쟁이들을 월매나 많이 잡은 줄 알어? 내 손 안에 들어오면 아주 작살나는 겨. 살려서 돌려보낸 적이 없다니께."

양이는 사학쟁이와 다르다. 사학쟁이는 칼이나 총을 들지 않는다. 그들 손에 들린 건 십자가와 묵주, 서책뿐이다. 낫과 곡괭이, 죽창을 들고 관아를 습격하지도 않는다. 산적도 아니고 도적 떼도 아니다. 그러나 양이는 조선의 화승총보다 사거리가 훨씬 긴 고성능 총을 가지고 있다. 양이의 대포 한 발이면 조선의 거룻배는 가을바람에 힘없이 흩날리는 낙엽이 되어 버린다. 득이는 양이를 직접 봤으니 그들을 안다. 닥치는 대로 빼앗고 약탈한 물건으로 제 배 속만 채우는 야비함을 눈으로 직접 보았다. 그런 양이를 상대해야 하는데, 장 나졸은 역시나 든든한 방패가 되어 줄 수가 없다.

득이의 얼굴에서 못마땅함을 눈치챈 장 나졸이 발끈했다.

"뭐여, 못 믿겠다는 거여? 암튼 요즘 어린 것들은 어른 말씀을 뭣같이 여긴단 말이여. 말세여, 말세."

혀를 끌끌 차 대는 소리가 득이 귀에 거슬렸다. 하지만 득이는 더 대꾸하지 않았다.

장대같이 쏟아지던 비가 잦아들었다. 빗물을 머금은 낙엽에 윤기가 돌았다. 시간은 축시를 지나 인시(새벽 3시~5시)를 향해 내달리고 있었다. 장 나졸은 졸음이 쏟아지는지 연신 하품을 해 댔다. 그러더니 급기야 팔짱을 끼고 잠들어 버렸다. 매복 중인 병사는 절대 잠이 들어서는 안 된다. 그런데도 그는 아무렇지도 않게 코까지 골며 단잠에 빠져들었다. 득이 눈에는 바우도 장 나졸처럼 잠이 든 것 같았다. 그러자 득이는 갑자기 두려움에 휩싸였다. 모두가 잠들어 있을 때 양이 놈들이 쳐들어오면 어찌해야 하는지 눈앞이 깜깜했다. 득이는 잠들어 보이는 바우를 깨워야겠다고 생각했다.

득이는 잠든 장 나졸을 지나쳐 바우에게 다가갔다. 혹여 장 나졸이 자신의 발소리에 깰까 싶어 사뿐사뿐 숨죽여 걸음을 옮겼다. 득이는 바우의 어깨를 흔들어 바우를 깨우려다 멈칫했다. 낮고 여리지만 분명히 바우의 목소리였다.

"네 나라이 임하시며, 네 거룩하신 뜻이 하늘에서 이룸 같이……."

기도하는 바우의 두 손이 바들바들 떨렸다. 비 맞은 생쥐처럼 추워서 그러는 것만은 아닌 듯싶었다. 손과 발, 목소리까지 모두 떨면서 마음만은 떨지 않는 것 같았다. 무서움과 두려움에 휩싸인 득이와 아주 딴판이었다.

"뭘 중얼거려? 비 맞은 중처럼."

"땅에서도 이루어지이다. 오늘날 우리에게 일용할 양식을 주시고……."

대답 없이 기도가 이어졌다. 득이는 얼굴을 찡그렸다. 장 나졸이 말한 대로 독종이 맞다. 옆에서 누가 떠들어도 제 할 일만 하는 고집불통이다.

"야! 사람 말 안 들려!"

잠시 후 대답이 날아왔다.

"들린다."

"뭐하냐고? 밤에 중얼거리면 뱀 나온다고 했어."

늦가을 뱀은 독기를 잔뜩 품고 있다. 겨울을 앞두고 배 속을 든든하게 채워야 하기에 그렇다. 늦가을에 뱀에게 물리기라도 하면 약도 없다. 뱀에게 물린 개는 그 자리에서 뻗고 만다. 산길을 타고 짐을 나르는 득이는 언제나 늦가을 뱀을 경계하곤 했다. 빗물 젖은 낙엽 더미 속에 물을 좋아하는 뱀이 숨어 있을지 모른다.

"무섭냐?"

바우가 득이에게 물었다. 득이의 물음에 묵묵부답하고, 답을 하더라도 퉁명스럽게 몇 마디 뱉곤 했는데. 게다가 악에 받친 듯 쏘아붙이고 제 분을 못 이겨 울부짖었는데 별안간 묻는다.

"쳇, 무섭긴 뭐가 무섭냐? 내가 너 같은 겁쟁이인 줄 알아?"

저보다 어린것에게 놀림당하기는 싫다. 일단 기선을 제압하려고 말은 그럴싸하게 했다.

"나 겁쟁이 아냐."

고지식한 놈이다. 티 없이 맑은 개울에 낯짝 비추듯 아닌 건 아니라고 똑 부러지게 말한다.

"너 혼자 살아남았다며. 남들 다 죽어 가는데. 겁쟁이가 아니면 뭐냐?"

득이가 그때의 공포를 다시 들쑤신다. 살고 싶어 산 게 아니다. 죽음의 사슬이 간신히 목숨을 비켜 갔을 뿐이다. 산 채로 죽음의 구렁텅이에 내던져지는 심정을 알기나 할까? 그럴 때 아무리 죽음에 의연한 자라도 산 사람의 바짓가랑이를 잡는 법이다. 살려 주세요, 그 말 한마디는 아무렇지도 않게 선뜻 나오는 말이 아니다.

"그러는 넌 용감하냐?"

넉넉한 삯을 준다기에 백성에게 빼앗은 물건을 자진해서 날라 준 짐꾼이 득이다. 그게 동생을 찾기 위한 유일한 방법이라 해도 말이다. 또 양인 선교사에게 잡혀간 동생 하나 구하지 못하면서 누구를 겁쟁이라고 놀리는지 바우는 이해할 수 없다.

바우의 반격에 득이는 물러서지 않았다.

"죄인 주제에 잘도 나불대는구나."

대답을 바란 건 득이 자신이다. 한 번도 겪어 보지 못한 전투를 앞두고 마음이 어지러운 때에 말벗이라도 있으면 좋겠다고 제 발로 바우를 찾아간 건, 그 누구도 아닌 득이다.

말끝마다 죄인, 죄인 해 대는 득이의 말이 바우에게 세상 그 무엇보다 더럽고 상스러운 욕설로 들린다. 나는 죄인이 아니다. 천주님을 믿는 것이 왜 죄가 되는가? 남의 물건을 빼앗았는가, 사람을 상하게 하였는가, 사람을 죽였는가, 부모에게 불효했는가? 아무리 되뇌어도 잘못한 게 없다. 양반에게 대들지도 않았다. 행여 나라님 욕도 하지 않았다. 자기들끼리 모여 조용히 기도하고 첨례를 드린 게 전부다. 사학쟁이라고 하는 건 그나마 들을 만하다. 죄가 없는데 잘못한 게 없는데 어째서 죄인인가? 임금 앞에서 양반 앞에서 지은 죄 없다. 더구나 강화에서 만나 며칠 함께 있었을 뿐인 득이에게 저지른 잘못은 털끝만큼도 없다.

"죄인 아니다."

"흥, 죄인 중에 스스로 죄인이라고 말하는 놈 없다더니."

아니다, 천주님 앞에서는 죄인이라고 고백한다. '우리 죄를 면하여 주심을, 우리가 우리에게 득죄한 자를 면하여 줌 같이 하시고.'

바우는 다시 기도하기 시작했다.

"하늘에 계신 우리 아비신 자여."

"네 아비가 하늘에 있냐? 왜 자꾸 아비가 하늘에 있다고 하냐?"

아버지가 하늘에 있다니 미친놈이 맞다. 득이의 아버지는 땅속에 묻혀 있다.

"낳아 주신 아버지가 아니다."

"이 대가리가 쳐 돌아 버린 놈아, 낳아 주신 아버지 말고 다른 아버지가 세상천지에 어딨냐? 네 아비는 허깨비냐?"

리델 신부를 모시고 떠난 아버지가 돌아오지 않은 탓에 어머니와 자신이 장 나졸에게 잡혔다. 어머니는 옥에서 쉴 새 없이 '하늘에 계신 우리 아비'를 부르며 간청했어도 끝내 죽임을 당했다. 하늘에 계신 아비는 허깨비가 맞을지도 모른다. 그렇게 목놓아 부르고 불러도 여전히 대답해 주지 않는다. 그런데 그런 아비를, 다시는 꼴도 보기 싫고 부르고 싶지 않은 아비를 찾고 싶을 때가 있다. 그 아비를 가만히 부르면 떨리는 몸과 울분에 휩싸인 가슴이 차츰 가라앉는다. 요상하게도 신기하게도.

바우가 부르는 아비를 허깨비라고 쏘아붙인 득이는 제 아버지를 떠올렸다. 절름발이로 한양에서 집으로 돌아온 아버지도 허깨비였다. 천하장사 같은 기개는 거품 녹듯 다 사라지고 추레하고 앙상한 뼈만 남았다. 온종일 방에 틀어박혀 기침만 해 댔다. 쌀독

에 쌀이 떨어졌는지, 굶주리는 제 딸이 뭘 하며 동네를 쏘다니는
지 관심조차 두지 않았다. 그러고 보니 임금도 허깨비다. 임금이
아닌 제 아비가 임금 노릇을 한다. 허깨비투성이 세상에서 허깨
비 아비를 찾는 것은 이상한 일이 아니다.

"장 나졸, 장 나졸 거기 있는가?"

인기척이 들렸다. 득이는 얼른 자는 장 나졸을 깨웠다. 장 나졸
은 득이의 손을 뿌리치며 다시 잠을 청했다. 포수 한 명이 저만치
서 오고 있었다.

"장 나졸."

사학쟁이 잡는 장 나졸은 귀신같이 제 이름을 알아차렸다. 그
는 용수철이 튀어 오르듯 반사적으로 벌떡 일어났다. 부스스한
얼굴로 이리 두리번 저리 두리번 사방을 둘러 댔다.

"여기 있었구먼."

포수가 숨이 가쁜지 헉헉댔다. 뭔가 급한 전갈이라도 들고 온
것 같았다.

"무슨 일이오?"

"급히 성안으로 들어오라는구려."

"왜요? 여기 일도 바빠 죽겠구만."

적의 동태를 살피거나 불시에 적을 습격하기 위해 몰래 숨는
매복 일이 바쁠 리는 없다. 눈 크게 뜨고 귀 쫑긋 세우면서 조용
히 사방을 응시하기만 하면 되는 일이다.

"성을 지킬 군사가 모자란다고 하는구먼."

"뭔 말 같지 않은 소리유. 성안의 군사가 몇백인데, 나 하나쯤 보탠다고 뭔 대수가 있겠슈?"

"왜 그런지 난 모르겠고. 아무튼 군관 나리께서 자넬 데리고 오라 하셨네."

"허 참, 군관 나리와 천총 나리가 내게 특별한 임무를 주셨는디, 왜 들어오라고 하겠슈? 참말로 이해 안 가는 말이유."

"내 어찌 상전네들 뜻을 알겠나. 어쨌든 군령이니 따라야 하지 않겠나."

"아니 나는 여기서 꼭 해야 할 일이 있슈. 그래야 내가 출……."

장 나졸은 출세를 말하려다 제 입을 손으로 틀어막았다. 포수 무지렁이에게 나불댈 말이 아니기 때문이었다. 하지만 답답하다. 바우를 데리고 있어야 사학 괴수 이가 놈을 붙잡을 수 있고, 바우의 아비까지 덤으로 추포할 수 있다. 득이는 양이를 본 적이 있으므로 사학 괴수를 잡는 데 요긴할 터다. 그 계획을 실행하지 못하면, 당진에서 한양을 거쳐 강화까지 힘들여 온 게 한낱 물거품이 되어 버리고 만다. 물러설 수 없다. 물러나서는 안 된다. 고생고생하며 여기까지 왔는데 아무 일 없다는 듯 이대로 뭉개 버릴 수는 없다.

"됐슈. 난 못 가유. 못 간다고!"

장 나졸을 데리러 온 포수는 난감한 표정을 지었다.

"이 사람, 군령을 어길 참인가? 어기면 어찌 되는 줄 알잖나."

포수가 날 선 손으로 제 목을 그었다. 그래도 장 나졸은 입을 다문 채 꿈쩍도 하지 않았다. 목에 칼이 들어와도 갈 수 없다는 결연함을 드러내 보였다. 몇 차례 실랑이 끝에 포수는 성안으로 돌아갔다.

"미친놈들 아녀. 특별 임무를 맡길 때는 언제고, 인제 와서 왜 돌아오라는 겨. 아무튼 뒷간 갈 때 다르고 나올 때 다르다더니, 딱 그 짝이여. 이 장상태를 뭘로 보는 거여. 어림없지."

얼마 후 그 포수가 다시 왔다. 그러나 혼자 온 게 아니었다. 군관과 함께 왔다. 장 나졸을 본 군관은 칼부터 빼 들었다.

"네 이놈! 군령을 어긴 자, 내 엄히 처벌할 것이다."

그제야 장 나졸은 군관 앞에 엎드렸다. 코가 땅에 닿도록 빌고 빌었다. 살려 주십쇼 나리, 살려 주십쇼 나리. 군관에게 끌려갈 판국에서도 장 나졸은 바우라는 미끼를 놓지 않으려 했다.

"저 어린 사학쟁이는 제가 꼭 붙잡고 있어야 합니다요."

"꼭 네놈일 필요는 없다."

군관은 장 나졸이 쥐고 있던 오랏줄을 득이에게 넘겼다.

"네가 붙잡고 있어라. 만약 줄을 놓치는 불상사가 생기면 너 또한 군령으로 엄히 다스릴 것이야. 그리고 이 전쟁터에서 살아남으려면 천총 나리가 시키신 일을 꼭 완수해야 한다. 그 일을 하지 못할 시엔 엄히 처벌할 것이니 정신 똑바로 차리도록! 성안에서 너희 둘을 지켜보고 있으니 허튼수작일랑 생각조차 하지 마라."

양헌수 대장이 장 나졸을 통해 득이에게 맡긴 일이 있다. 그 일을 하기 위해 득이와 바우, 장 나졸이 삼랑성 동문 인근에서 매복한 것이다. 다만 바우만 그 일이 무엇인지 모른다.

득이는 얼떨결에 군관에게서 바우를 옭아맨 오랏줄을 받았다. 이제 득이가 장 나졸이다. 득이가 바우의 목숨 줄을 쥐게 되었다. 장 나졸은 군관의 손에 뒷덜미를 잡힌 채 끌려갔다. 예전 당진에서 교우들이 장 나졸에게 끌려가던 그 모습 그대로였다.

바우는 득이와 자기 둘만 남게 되자 홀가분함을 느꼈다. 그토록 자신을 괴롭힌 장 나졸이 느닷없이 사라진 탓이었다. 이런 날이 올 줄은 꿈에도 몰랐다. 장 나졸 손에 명을 다하게 될 거라고만 믿었다. 간절한 기도가 통했는지 모르겠다고 생각했다. 정말 마음을 다해 기도하면 이루어질 것이라는 어머니의 말씀이 맞나 싶었다.

산새가 푸드덕 날아올랐다. 그 소리에 득이가 움찔했다. 작은 소리에도 예민하게 반응하는 걸 보니 겁쟁이가 틀림없다. 바우는 오히려 편안해졌다. 살아야겠다는 생각이 불쑥 올라왔다. 바우는 득이를 똑바로 바라보았다. 초조해진 쪽은 득이였다. 초조해지면 이상한 행동을 하기 마련이다.

"뭘 보냐? 찰거머리 같은 장 나졸이 없어져서 신이 난 거냐?"

"그래. 앓던 이가 빠진 것처럼 아주 후련하다."

"후련하긴. 묶여 있기는 예나 지금이나 같잖아. 너 바보냐? 내가 이 오랏줄 잡고 있는 거 안 보여?"

바우는 잠시 고민했다. 득이 녀석이 제 말을 들어줄지 확신이 서지 않았다. 그러나 지금 아니면 할 수 없는 말이다.

"풀어 줘라."

득이가 콧방귀를 뀌었다.

"안 된다."

"왜 안 돼?"

"명이를 구해야 하니까."

"네 동생 구하는 거랑 나랑 무슨 상관이야?"

"네놈이 반드시 있어야 한다. 네놈이 양이 놈들의 총알받이가 되어야 하니까."

"뭐라고?"

바우의 가슴속에서 또다시 화가 끓어올랐다. 장 나졸의 껍데기만 사라졌을 뿐, 장 나졸의 탐욕은 절대 없어지지 않았다. 그 더러운 탐욕은 득이에게서 다시 피어올랐다.

바우는 득이에게 따져 물었다.

"내가 왜 총알받이가 되어야 해, 왜?"

"천총 나리가 그리 말씀하셨다. 양이 놈들 총이 우리 총보다 좋아서, 우리가 아무리 총을 쏘아 댄들 저들을 맞힐 수 없다고. 저들을 맞히려면 누군가 우리 총이 닿을 거리까지 유인해야 한다고. 유인하는 미끼가 너야! 저들이 미끼를 덥석 물어야 우리가 이길 수 있다고. 이겨야 내 동생을 구할 수 있다고."

바우의 몸이 부르르 떨렸다. 주체할 수 없을 만큼 몸이 흔들리자, 바우는 제 머리를 앞세워 득이의 가슴팍을 향해 돌진했다.

픽, 소리와 함께 득이가 나자빠졌다. 사람이 쓰러진 것을 본 바우 눈이 홱 돌아갔다. 바우는 득이에게 발길질을 해 대기 시작했다. 손이 묶인 탓에 바우의 발길질이 허공을 갈랐다. 득이는 주춤주춤 뒤로 물러서다가 몸을 일으켰다. 이글거리는 눈빛으로 바우에게 돌진해 주먹을 날렸다. 막을 손이 없는 바우가 힘없이 쓰러졌다. 득이는 바우 몸 위에 올라탔다.

"죽어라, 이놈. 죽어!"

입술에서 피가 터져 나오는 와중에도 바우는 지지 않으려고 소리쳤다.

"죽여, 죽이라고! 제발 죽이란 말이야."

바우는 발버둥 치며 온몸으로 죽음을 갈구하고 있었다. 씩씩대는 득이의 성난 주먹은 잠시 길을 잃었다.

"왜 못 죽여? 죽이라고, 죽여!"

죽일 생각은 애초에 없었다. 득이의 주먹은 바우의 얼굴 위를 잠시 서성거렸다. 분노에 몸을 떨던 바우처럼 득이도 떨고 있었다. 한순간에 갑자기 모든 게 멈춰 버린 듯 사방은 고요했다. 득이는 바우의 몸에서 내려왔다. 그러자 바우가 흐느끼기 시작했다.

"어머니, 어머니, 어머니……."

바우의 울음소리는 새벽 가을바람처럼 스산했다. 뼈를 파고들 정도로 날카롭고 애간장을 녹일 정도로 애처로웠다. 득이의 마음속에서도 뭔가가 꿈틀거렸다. 흐느끼는 소리가 점점 더 커졌다. 득이의 어깨가 들썩이기 시작했다. 마침내 봇물 터지듯 득이의 입에서도 뜨거운 울음이 솟구쳤다. 이미 터져 버린 가슴을 부여잡기 힘들 정도로 두 아이는 마음속 한을 토해 내기 시작했다.

13

살아 있다

나뭇가지에 매달려 있던 빗방울 하나가 득이의 뺨에 떨어졌다. 득이는 방금 전까지 울지 않았다는 듯 뺨에 떨어진 빗방울을 무심하게 닦아 냈다. 그러고는 바우에게 눈길을 돌렸다. 바우는 넋이 나간 사람처럼 멍하니 앞만 보고 있었다. 매복하러 온 뒤로 내내 고개만 숙이고 있었는데, 이제는 머리를 빳빳하게 들고 있다.

"올해 몇이냐?"

제법 묵직한, 상투 튼 어른 같은 득이의 질문이다.

"열둘."

득이는 생각했다. 열두 살에 죽는다는 건 무엇일까? 바우가 총알받이로 쓰인다는 걸 장 나졸에게서 처음 들은 득이는 그다지 놀라지 않았다. 저보다 어린것의 생목숨이 끊어진다는데 마음이 좀처럼 흔들리지 않았다. 열두 살이 되기 전에 죽는 아이는 부지

기수다. 먹을 게 없어서 굶어 죽고, 먹어선 안 되는 걸 먹어 죽는다. 마마(천연두)에 걸려 죽게 되면 모두 그러려니 한다. 열두 살까지 살았으면 어느 정도 산 거다. 낯선 아이의 목숨쯤이야 제 알 바가 아니지 않은가? 사학 죄인이라고 하니 어차피 죽은 목숨이 아닌가?

그런데 자꾸 마음에 걸린다. 생선 먹다 박힌 가시를 빼내려고 혀를 요리조리 굴릴 때처럼 녀석이 신경 쓰여 죽겠다. 저 아이가 굶어 죽거나 마마에 걸려 죽는 게 아니라서 그렇다. 제 동생을 구하기 위한 미끼가 되어서 그렇다.

"난 올해 열넷이다."

바우는 생각했다. 고작 두 살밖에 많지 않은데 왜 그리 어른처럼 구는 건지. 붙잡혀 있는 자신만큼 득이도 붙잡혀 있지 않은가. 자신이 총알받이라면 득이는 무엇일까? 불랑국 병사들이 자신에게만 총을 쏠까? 왜 천총 나리는 자신뿐 아니라 득이까지 성 밖으로 내보내어 매복을 서게 했을까? 같은 처지인데도 고작 두 살 위인 저 아이는, 자기는 전혀 다른 처지라고 항변하고 있다.

"죽이려고 한 건 아니었어."

득이의 말끝이 다소 누그러졌다.

"그냥 죽이지 그랬어. 어차피 산송장인데."

바우는 말끝을 흐렸다. 삐딱하게 들리는 말투지만 크게 거슬리거나 기분 나쁘지 않았다. 그리고 득이는 조금 놀랐다. 바우는 자

168

신에게 이미 죽음의 그림자가 드리워져 있다는 걸 알고 있어서.

"총알받이이긴 하지만 잘만 피하면 괜찮을 거야."

"괜찮을 거라고? 난 잘 못 뛰어."

약골로 태어나 또래보다 키가 작은 아이가 바우다. 게다가 혹독한 감옥살이로 몸은 망가질 대로 망가졌다. 장 나졸에게 끌려다닌 후로 제대로 얻어먹지도 못했다. 사력을 다해 뛴다 해도 얼마 못 가 픽 쓰러질 것이다. 총알이 날아오면 그냥 맞는 게 낫다. 언제까지 구차하게 목숨을 이을 것인가?

"살 수 있어. 아직 살아 있잖아."

'살아 있다'라는 말에 바우는 다블뤼 주교를 떠올렸다. 주교는 바우가 쓴 글씨를 보고 나서 갓 잡은 물고기처럼 펄떡펄떡 살아 있다고 했다. 바우는 나뭇가지 하나를 주워 들었다. 손이 묶인 탓에 두 손으로 나뭇가지를 쥐었다. 바닥에 잔뜩 쌓인 낙엽을 양옆으로 치웠다. 마른 땅이 드러나자 손끝에 힘을 실었다.

조…… 바…… 우……

아직 살아 있는 제 이름을 한 자 한 자 또박또박 썼다. 거친 비바람이 모질게 불어도 꿈쩍하지 않는 바위처럼 살아라. 그러나 아버지가 지어 준 이름이 이제 와서 무슨 소용일까? 제 이름을 다 쓴 바우가 붓으로 삼은 나뭇가지를 홱 집어 던졌다.

"너 언문 쓸 줄 알아?"

두 번째로 득이가 바우에 대해 놀란 것이었다.

"쓸 줄 알면 뭐 해. 이젠 다 쓸모없는데."

득이가 바우 곁으로 다가갔다. 바우는 경계하지 않았다.

"나 좀 알려 줘."

죽음을 앞둔 엄혹한 상황에서 득이는 바우에게 글씨를 알려 달라고 한다. 글씨를 알아서 뭐 하려고. 어리석은 백성이 글씨를 알면 양반네들이 싫어한다. 쥐뿔도 모르는 것들이 상전과 맞먹으려고 하기 때문이다. 그런데 바우는 자신에게 글씨를 가르쳐 준 전교 회장의 말이 생각났다.

"알아야 산다. 양반들이 진서로 우리를 깔아뭉개려 하지만, 우리는 언문을 배워 꼿꼿하게 일어서야 한다. 저 들에 난 풀과 꽃을 보아라. 진서로 된 이름은 거의 없다. 우리말로 이름 지어진 들풀과 들꽃은 짓밟히고 짓밟혀도 다시 일어나지 않느냐? 천주님을 믿는 것도 마찬가지다. 언문으로 된 기도와 성경을 읽고 가사(성가)를 노래하면 하느님이 기뻐하신다. 흉악한 권력자들이 우리 교우들을 이 잡듯이 찾아내어 박해하고 또 박해했건만, 우리는 끝내 하느님을 저버리지 않고 믿음을 이어 왔다. 그러니 언문 배우기를 게을리하지 마라."

득이는 벌써 나뭇가지 하나를 들고 있었다.

"성 씨는?"

"강."

바우가 말없이 기역 자를 썼다. 득이의 눈이 바우의 손에 가 있었다. 눈치 빠른 득이는 바우가 쓴 기역 자는 곧잘 따라 썼다. 곧이어 흙바닥에 '강득이'라는 이름 석 자가 새겨졌다.

"이게 내 이름이야? 참말?"

득이의 입꼬리가 슬금 올라갔다. 그러더니 득이는 제 동생 이름을 바우에게 알려 줬다.

"명이야, 강명이라고."

바우는 '강득이'에서 '득' 자 하나를 지웠다. 득이가 지워져 사라진 글자를 보며 못내 아쉬워했다.

"아니 왜, 내 이름을 지우는 거야?"

"돌림자니까 한 글자만 지우고 다른 글자를 쓰면 돼."

"아……."

'득'이 지워진 자리에 '명'이 생겨났다. 득이는 명이 이름을 자꾸만 되뇌었다.

"강…… 명…… 이…… 강…… 명…… 이."

바우는 마마에 걸려 먼저 세상을 떠난 하나뿐인 동생을 떠올렸다. 아주 어렸을 때 일어난 일이어서 동생 얼굴이 기억나지 않는다. 그런 일이 있고 나서 바우는 내내 혼자였다. 동생이 있으면 좋겠다고 생각했지만, 그런 일은 절대 일어나지 않았다.

"명이는 잘 지낼 거야."

글씨를 써서 기분이 좋아졌던 득이가 표정을 싹 바꾸었다.

"네놈이 그걸 어찌 알아? 너도 양이 놈들과 한 패거리잖아."

"주교님이 그러셨어. 주교님이 살던 나라에서는 부모 없는 아이들을 한곳에 모아 놓고 잘 키운다고. 굶주리지 않게 끼니도 꼬박꼬박 잘 챙겨 준다고 했어."

"무슨 소리야? 네가 양이 놈들을 봤어? 그놈들은 고기란 고기는 죄다 빼앗았어. 심지어 대낮에 아녀자들을 욕보이기도 했다고. 짐승보다 흉악한 것들이란 말이야. 그런 놈들이 부모 없는 아이를 잘 돌본다고? 아주 사악한 놈들한테 네가 속절없이 속은 거야."

"아니야. 이 섬에 쳐들어온 불랑국 군사들은 그렇게 흉측한 짓을 일삼았겠지만, 주교님과 신부님들은 절대 그러시지 않았어. 그분들은 먹을 게 없으면 함께 굶으시고, 살림이 어려운 교우들을 살뜰하게 돌보셨다고. 짚신이 닳고 닳도록 산을 넘고 강을 건너이 마을 저 마을 힘들게 돌아다니시면서도 힘들다는 내색도 하지 않으셨어. 아이든 어른이든 항상 애틋하게 바라보셨어. 애달프지만 사랑한다고 말씀하셨어. 교우들에게 해가 갈까 봐 자진해서 관아에 끌려가셨다고."

"거짓말!"

"참말이야!"

둘이 다시 으르렁거렸다. 그러나 그리 길게 가지 않을 분위기였다. 득이도 사학 수괴들이 삼강오륜에 벗어난 짓을 한다고 들은 적은 없기 때문이다.

잠깐 침묵이 흐른 뒤, 득이가 말을 건넸다.

"아버지 이름은 강상치야."

강치라고 불리던 득이 아버지의 원래 이름은 강상치다. 동네 사람들은 상치라고 부르지 않고 강치라고 불렀다. 그만큼 힘 좋고 넉살 좋고 짐 잘 부리는 사내였다.

"모두 강 씨니까 '명이'만 지우면 돼."

득이는 바우를 따라 '상치' 두 글자를 썼다. 강상치, 아버지의 이름을 부른 적도 없고 쓴 적은 더더욱 없다. 그런데 지금 아버지의 이름이 제 앞에 있다. 그 이름 석 자에서 기침 소리가 난다. 그 이름 석 자에서 오른쪽 다리가 없어 나풀거리던 바짓가랑이가 보인다. 득이는 스스로 쓴 아버지 이름을 애써 지워 버렸다.

"왜 지워?"

"이 세상에 없는 사람이다."

"호랑이는 죽어서 가죽을 남기고 사람은 죽어서 이름을 남긴다는데 왜?"

"쬐끄만 게 언문 좀 안다고 아는 척하지 마라."

바우는 대꾸하지 않았다. 그러면서 득이 아버지 이름 옆에 제 아버지 이름을 썼다. 조명오. 그 옆에 어머니 이름도 썼다. 김여분. 어머니는 제 이름이 여분이 아니라 예쁜이라고 했다. 이름을 진서로 지어야 한다기에 여분으로 지었을 뿐이라고 했다. 그리고 교우들에게 마리아라는 세례명으로 불리기를 좋아했다. 마리아로 불리면 아들인 바우를 예수처럼 모실 수 있게 되어 좋다고 했다. 바우는 여분이라는 진서를 지우고 '예쁜'으로 고쳐 썼다.

조명오, 김예쁜. 아버지와 어머니가 살아서 곁에 있는 듯했다. 작은 등불 아래에서 아버지는 그물을 깁고, 어머니를 저고리를 기웠다. 바우 자신은 전교 회장에게서 배운 언문을 끄적였다. 저녁상을 물린 방 안에서 세 사람은 그렇게 밤을 지냈다. 바우는 그런 날이 내내 이어지기를 바랐다. 어서 빨리 언문을 깨우쳐서 언문으로 된 글을 짓는 사람이 되고 싶었다.

득이는 강명이를 다시 썼다. 그 위에 아버지 강상치를 썼다. 그러고 나서 강상치 옆에 어머니 이름을 쓰려다 멈칫했다. 어머니 이름이 떠오르지 않는다. 명이를 낳다가 돌아가신 어머니 이름이 비 오는 날의 먼 산처럼 흐릿하기만 하다. 이 씨였던가, 박 씨였던가? 하기야 어머니는 강치 댁으로만 불렸다. 허드렛일이나 하는 짐꾼의 아내에게 무슨 이름이 있을까 싶다. 어머니를 이름으로 부르는 건 있을 수 없는 일이다. 그 이름을 몇 번 듣기는 했어도 귀에 제대로 담지 못했다.

"어머니는 어떻게 쓰는 거냐?"

이번에는 바우가 득이 옆으로 갔다. 강상치 옆에 '어머니'라고 또박또박 썼다. 글씨가 완성되어 가는 모습을 보는 득이는 어머니를 낮게 읊조렸다. 어머니같이 곱디고운 색시 만나 떡두꺼비 같은 아들을 낳겠다는 예전 꿈이 되살아났다.

이제 득이 옆에도 가족이 둘러앉았다. 짐꾼 일을 하고 돌아온 아버지는 생선 하나 들고 집에 돌아왔다. 생선을 받아든 어머니는 웃음 띤 얼굴로 부엌에 들어간다. 잔뜩 신이 난 발걸음이다. 동생 명이는 아버지 팔에 매달려 뭐가 그리 좋은지 깔깔댄다. 득이는 아버지가 지고 온 지게를 마당 한편에 고이 모셔 둔다. 이 지게가 우리 가족의 밥줄을 이어 줄 귀한 물건이다. 밥 짓는 냄새, 생선 굽는 냄새가 작은 초가집 주위를 감싼다. 먹을 게 많지 않아도, 가진 게 풍족하지 않아도 배부르다. 식구가 모두 살아서 함께 있기만 한다면…….

어디에서부터 잘못된 걸까? 우리 식구가 뭘 그리 잘못했기에 어머니는 동생을 낳다 먼저 떠나고, 아버지는 무너진 임금의 옛 궁궐을 지으러 갔다 다리 하나를 잃고 돌아왔을까? 산송장처럼 몇 달밖에 살지 못하다 허망하게 가 버린 걸까? 어머니 없이 자란 동생 명이, 늘 재잘거리며 웃는 아이를 왜 양이 놈은 데리고 갔을까? 나는 왜 혼자 남게 되었을까? 우리가 죄인이 아닌 것은 확실하다. 우리는 잘못한 게 하나도 없다. 억울하다. 참으로 억울하고 억울하다. 아무도 이 억울함을 들어주지 않는다.

"너도 잘못한 건 없지……."

득이가 제 혼자 한 말이 바우 귀에 들어갔다. 득이에 대한 바우의 적개심이 누그러졌다. 생각해 보니 득이도 자신만큼 가엾고 불쌍하다. 리델 신부를 따라 청나라에 간 아버지가 아직 집에 돌아오지는 않았지만, 영영 돌아가신 것은 아니다. 아버지가 없는 득이보다 자신이 훨씬 나아 보인다. 너무나 야속한 아버지이기는 해도 분명히 살아 있을 테니 아비 없는 후레자식은 확실히 아니다.

"형!"

똑똑히 들었다. 바우가 득이를 형이라고 했다. 독기를 잔뜩 품은 살모사 새끼인 줄 알았는데.

"나 죽으면 잘 묻어 줘."

"죽긴 왜 죽어."

"어차피 죽을 거야. 형이 잘 거둬 줘."

고작 두 살 많은 열네 살일 뿐이다. 죽은 사람을 거두어 줄 정도로 나이가 든 건 아니다. 세상을 떠난 아버지를 거둔 건 득이 자신이 아니었다. 동네 어른들이었다. 핏덩이 같은 바우 녀석의 주검을 거둬서 묻는다니, 열네 살이 감당할 일이 아니다.

"쓸데없는 소리 하지 마라."

"쓸데없는 소리 아니야. 난 마음먹었어. 나라를 위해, 형을 위해 내가 미끼가 될게."

바우는 아까 한참 울분을 토했을 때보다 더 넋이 나가 있었다.

"야 인마, 정신 차려!"

득이의 오른 손바닥이 바우의 뺨을 치고 지나갔다.

"정신 차리라고. 호랑이굴에 들어가도 정신만 차리면 산다고 했어. 살 수 있어. 우리 둘 다 살 수 있다고."

"그거야말로 정말 정신 나간 소리네. 난 죽어. 죽을 바엔 뭐라도 값진 일을 하고 싶어. 허무하게 죽고 싶지 않다고."

바우는 멍한 표정으로 잠꼬대 같은 말을 되풀이했다. 득이는 이 미친놈을 그냥 놓아 버릴까 싶었지만, 자석처럼 녀석에게 끌리는 건 어찌할 수가 없었다. 제 입으로 둘 다 살 수 있다고 말했지만, 뾰족한 수는 없다. 제일 나은 방법이라면 삼십육계 도망치는 거다. 그런데 도망칠 수 있을까? 성안에서 군관이 지켜보고 있을 것이다. 성벽 안에 있는 포수들은 감시구에 총구를 들이대고 노려보고 있을 것이다. 양이의 총보다 포수의 총이 더 가깝다.

일단 득이는 바우의 손에 단단히 묶인 오랏줄을 느슨하게 풀어 주었다.

"아주 위급해지면 네 힘으로 풀고 도망쳐. 다 풀어 줄 수는 없어. 보는 눈이 많으니까."

"고마워, 형."

고맙다는 말을 들어 본 적이 있을까? 민 대감 집에서 그렇게 열심히 짐을 날라 주었어도, 온갖 허드렛일은 다 해 주었어도 고맙다는 말 한마디 듣지 못했다. 득이도 누군가에게 고맙다고 말해 본 적이 없다.

"그, 그래."

득이가 살아날 궁리를 하는 사이에 어둠이 서서히 걷히고 날이 밝아왔다. 살아남기 위해 몸부림쳐야 할 때가 점점 다가오고 있었다. 해가 뜨기 전 세상은 너무나 고요했다. 평화로운 듯, 불안한 듯, 혼돈이 엄습하는 듯했다. 태초에 세상이 만들어지기 전 같이 빛도 없고 소리도 없어 보였다. 득이는 가슴이 절구질하듯 뛰는 것을 느꼈다. 모든 걸 체념했던 바우도 손가락끝에 피가 도는 것을 실감했다.

14
총소리

어디선가 바스락바스락 낙엽 밟는 소리가 났다. 득이와 바우가 재빨리 고개를 돌렸다. 득이의 눈에 프랑스군 병사의 검은 군화가 보였다. 햇살을 받아 반짝반짝 윤이 나는 군화는 모두 여섯 개였다. 득이는 바우에게 얼른 바위 뒤로 숨으라고 일렀다. 둘은 숨죽인 채 군화들이 지나가기를 기다렸다.

서걱서걱, 군화 더미는 방향을 잃고 헤매고 있었다. 좀처럼 득이와 바우 곁을 지나치려 하지 않았다. 얼마 지나자 바스락대는 낙엽 소리가 갑자기 커졌다. 군화들이 달려 나가기 시작한 것이다. 그러더니 동문과 남문 사이의 성벽에 멈추었다. 성벽은 높지 않다. 조선인보다 발이 큰 양이라면, 단단하고 질긴 가죽신이라면 능히 성벽을 넘을 수 있다.

탕! 군화 한 짝이 성벽에 닿자마자 성안에서 총성이 울렸다. 총소리에 놀란 건 득이와 바우만이 아니었다. 삼랑성을 감싼 정족산의 새들이 일제히 날아올랐다. 그와 동시에 성벽에 오르려 한 군화 두 짝은 풀숲으로 떨어졌다. 군화 사이로 벌건 피가 흐르고 있었다. 그 모습을 본 바우가 헉 소리를 냈다. 득이가 얼른 바우의 입을 막았다. 들키면 안 된다. 프랑스군 병사에게도 조선군 병사에게도. 지금이다, 지금이 도망칠 기회다.

득이는 바우를 일으켜 세웠다. 바우의 엉덩이를 툭 밀면서 동문 쪽 큰길로 나아가라고 일렀다. 바우가 주춤했다. 두렵다는 신호였다.

"가야 해. 길 건너편 숲으로 가야 살 수 있어. 우리가 움직이지 않으면 성안에서 우릴 의심할 거야. 저 길에 양이가 진을 치고 있잖아. 분명히 우리를 볼 거야."

"그러다 총에 맞으면……."

"빨리 달리기만 하면 돼. 아무 데도 보지 말고 앞만 보고 달리면 되는 거야."

"그치만……."

둘이 머뭇거리는 사이에 다시 낙엽 밟는 소리가 났다. 둘은 급히 나무 뒤로 몸을 피했다. 저만치에 프랑스군 병사의 검은 군화 두 짝이 지나가고 있었다. 아직 멀쩡한 한 짝이 피가 묻은 다른 한 짝을 끌고 있었다. 질질 끌려가는 군화에는 낙엽이 잔뜩 붙어 있었다. 그리고 동문 쪽에서도 낙엽 밟는 소리가 났다. 바우의 눈에 조선군의 화승총 세 정이 보였다. 화승총 세 정은 검은 군화 두 짝을 쫓고 있었다. 그들의 발걸음은 날래고 기민했다. 득이와 바우의 입술이 파르르 떨렸다.

"이놈들 여기 있었구먼. 쥐새끼 같은 놈들."

누군가 득이와 바우의 뒷덜미를 낚아챘다. 장 나졸이었다. 새벽에 군관에게 끌려가 성안으로 들어간 찰거머리가 다시 성 밖으로 나왔다.

"밤새 목숨 줄 붙잡고 잘 있었는겨? 잔뜩 겁먹는 모양이 딱 물에 빠진 생쥐구먼. 흐흐흐."

바우보다 득이가 장 나졸을 다시 보고 더 놀랐다.

"하도 걱정이 돼서 말이여. 내가 니놈들 생각에 가만히 있을 수가 없었던 겨. 미끼란 것은 그냥 두면 상하거나 도망칠 궁리를 헌단 말이여. 그걸 내가 어떻게 두고 볼 수 있냔 말이여."

득이는 생각했다. 귀신같이 사람 속을 꿰뚫는 작자라고.

장 나졸은 손에 힘을 꽉 쥐면서 득이와 바우를 바닥에 납작 엎드리게 했다.

"뭐 혀? 맡은 일 해야지."

장 나졸은 두 아이의 머리를 한데 모아서 길가 쪽을 바라보게 했다.

"보이는겨? 저 양이 놈들이."

삼랑성 동문을 앞에 두고 잠시 쉴 겸 점심을 먹으려던 프랑스군 병사들은 성안에서 울린 총소리에 전투태세를 갖췄다. 모두 길옆으로 몸을 피한 채 동문 쪽만 바라보고 있었다. 길 한가운데에는 총소리에 놀란 노새 몇 마리가 날뛰고 있었다. 프랑스군 병사 몇몇이 길 한가운데로 나와 날뛰는 노새를 잡으려고 애썼지만 쉽사리 되지 않았다.

"바우, 보이는겨? 이가 놈이 보이는가 말이여."

군복 입은 사내들은 보이지만, 사제복 입은 리델 신부는 보이지 않는다. 바우가 고개를 저었다.

"똑똑히 보란 말이여. 이가 놈이 저기 있는가 없는가."

"없어요. 안 보여요."

"그려, 좋아. 그럼 니 애비는?"

바우는 눈을 꼭 감았다가 다시 떴다. 아버지, 그토록 다시 만나기를 바라는 아버지가 지금 보이면 절대 안 된다. 앞을 바라보는 바우의 눈이 붉게 달아올랐다. 없다, 다행히도 아버지는 보이지 않는다.

"없어요."

"거짓부렁이면 이 칼에 니 목숨 줄 끊어질 줄 알어?"

늘 그렇듯 바우에게 위협과 협박을 한차례 날린 장 나졸이 이번에는 득이를 닦달했다.

"득이 너는 저 양이 놈들 사이에 조선 사내가 보이는겨, 안 보이는겨?"

앞을 보던 득이가 바우에게 고개를 돌려 바우의 눈치를 살폈다. 바우는 살짝 고개를 내저었다.

"안 보여요."

"이런 썩은 동태 눈깔 같으니라고!"

장 나졸이 득이와 바우의 머리통을 두 손으로 후려쳤다. 두 아이가 제 머리통을 붙잡고 아파했다. 그러는 사이에 장 나졸은 제 눈으로 직접 봐야겠다며 길 밖으로 고개를 삐쭉 내밀었다. 순간 프랑스군 진영에서 총알이 날아들었다. 온 산을 뒤흔드는 듯한 총소리에 장 나졸은 뒤로 나자빠졌다. 동시에 성안에서도 총알이 내리꽂히기 시작했다. 하지만 그 총알은 프랑스군 앞까지 도달하지 못했다. 득이와 바우가 있는 곳까지가 한계였다.

총에 맞을 뻔한 장 나졸이 씩씩거리며 몸을 일으켜 세웠다.

"저런 육시럴 놈들! 감히 어디다 총을 쏴 대는 거여."

장 나졸은 새우 눈을 좌우로 굴리며 득이와 바우 두 아이를 잔뜩 노려봤다.

"이가 놈과 조가 놈이 없다면, 이제 다른 방도를 써야겠구면."

장 나졸의 첫 계략은 실패했다. 삼랑성을 공격하는 프랑스군 부대에 리델 신부와 바우 아버지가 따라왔다면, 바우를 인질로 삼아 그들을 생포할 계획이었다. 교우 목숨과 자식 목숨을 하늘처럼 여기는 자들이니 인질 작전이 통할 것이라 생각했다. 그런데 리델 신부와 바우 아버지는 따라오지 않았다. 그렇다면 다른 계략을 써야 한다. 프랑스군을 무찌르고 그 기세를 몰아 강화성까지 쳐들어간 뒤, 리델 신부와 바우 아버지를 생포하는 것이다. 여러 단계를 거쳐야 하는 쉽지 않은 과정이지만, 이제는 그것밖에 다른 방도가 없다.

"봤지? 우리 포수들 총알이 조것밖에 못 간단 말이여. 그러니께 니들이 양이 놈들을 이쪽으로, 성문 가까이 끌고 와야 한단 말이여. 낚시할 때 낚싯줄 당겼다 풀어 줬다 하는 거 알지? 니들이 저놈들 약 오르게 미끼질 하란 말이여. 알겠냐?"

장 나졸은 한 치의 망설임도 보이지 않았다. 기어코 득이와 바우를 불구덩이 속으로 밀어 넣으려는 태세다. 게다가 장 나졸의 손에는 이제 주장이 쥐여 있지 않다. 시퍼렇게 날이 선 단도가 득이와 바우의 등에 도사리고 있다. 선택할 여지는 없다. 프랑스군의 총이냐, 장 나졸의 칼이냐, 둘 중 하나에 목숨이 달아날 판이다.

"득이 니가 먼저 양이 놈들한테 가. 달려가지 말고 천천히 걸어가. 그냥 길 가는 사람맨치로 말이여."

말도 안 되는 소리다. 프랑스군은 성안에 조선군이 있다는 걸 다 안다. 태연하게 적들에게 걸어가는 건 '나 좀 죽여 주시오' 하는 것과 다를 바 없다. 득이가 망설이자 장 나졸의 칼끝이 득이의 목덜미에 닿았다.

"이 자리에서 목 따일 거 아니면 시키는 대로 혀."

그냥 하는 말이 아니다. 장 나졸의 목소리에 살기가 가득 배어 있다. 득이는 어쩔 수 없이 잔뜩 굳은 발을 떼었다. 저도 모르게 앞니와 아랫니가 맞부딪혔다. 손과 발도 모두 떨리기 시작했다. 어느새 바짓가랑이 사이에 오줌이 스르르 번졌다. 장 나졸이 이번에는 득이의 목 앞에 단도를 댔다.

"오줌을 지릴 만도 허지. 허나 말이여. 죽으면 오줌 지릴 일도 없는 겨. 얼릉 가."

장 나졸이 다리를 들어 득이의 등짝을 사정없이 차 버렸다. 그 흉포한 힘에 득이의 몸이 길 쪽으로 휘청거렸다. 그러고는 길바닥에 훌쩍 떨어졌다.

미끼가 던져지자 프랑스군은 일제히 득이에게 총구를 돌렸다. 그러나 금세 화염이 솟구치지는 않았다. 어린아이다. 군복도 입지 않은, 칼도 총도 들지 않은 댕기 머리 사내아이다. 아무리 전쟁터라지만 무장하지 않은 아이를 까닭 없이 해할 수는 없다. 득이를 본 건 프랑스군만이 아니다. 성안의 포수들도 득이를 지켜본다. 모두 숨죽인 채 가늠자 끝으로 득이를 응시한다.

득이는 미칠 것 같은 침묵과 고요가 두렵고도 무섭다. 어디론가 도망치고만 싶다. 하지만 가만히 있을 수도 달릴 수도 없다. 득이는 어렵사리 손으로 바닥을 짚고 일어섰다. 마른침을 꿀꺽 삼킨 다음, 앞을 향해 천천히 걸어가기 시작했다.

득이를 바라보는 바우는 장 나졸이 다시 나타나기 전에 만들어 둔 나무 십자가를 손에 꼭 쥐었다.

'하늘에 계신 우리 아비신 자여, 네 이름이 거룩하심이 나타나며, 네 나라이 임하시며……'

적진에 내팽개쳐진 득이를 위해 할 수 있는 것이라곤 기도밖에 없다. 득이가 한 걸음 한 걸음 앞으로 나아갈 때마다 바우는 제 입술을 깨물었다.

'네 거룩하신 뜻이 하늘에서 이룸 같이, 땅에서 또한 이루어지이다.'

바우의 기도가 중간쯤에 이르렀을 때 득이는 적진 한가운데에 다다랐다. 프랑스군은 총구만 겨눌 뿐 득이에게 선뜻 다가오려 하지 않았다. 그들도 득이 못지않게 잔뜩 긴장하고 있었다.

득이가 걸음을 멈추었다. 제멋대로 흔들리는 다리를 어찌할 수가 없기 때문이었다. 언제까지 걸어가야 하는지 모르겠다. 어디쯤이 죽음의 구렁텅이인지도 알 수 없다. 아니 이미 죽음의 한복판에 서 있다.

'어떡하지, 어떡하지, 어떡하란 말이야!'

그때 득이의 눈에 프랑스군 병사들이 몰고 온 노새가 보였다. 득이는 겨우 진정한 노새 한 마리를 향해 내달리기 시작했다. 돌발 상황에 마주한 프랑스군 몇몇이 잔뜩 움츠린 몸을 일으켰다. 그들이 어어어 하는 사이에 득이는 노새의 목줄을 향해 손을 뻗었다. 단번에 목줄을 움켜쥐고 제 앞으로 잡아당겼다. 그러고 나서 노새의 엉덩이를 힘껏 걷어찼다. 놀란 노새가 앞발을 들며 경기를 토해 냈다. 노새의 몸에 달린 프랑스군의 식량과 탄약이 바람에 나부끼듯 흩날렸다. 득이는 목줄을 잔뜩 움켜쥔 채 동문 쪽으로 뛰어나가기 시작했다.

마침내 길가에 몸을 숨기며 잠복해 있던 프랑스군이 한꺼번에 총을 들고 일어났다. 노새를 훔쳐 달아나는 득이를 향해 총을 쏘아 대기 시작했다. 탕! 프랑스군이 쏜 첫 번째 총알이 득이와 노새를 비껴갔다. 탕탕! 두 번째, 세 번째 총알은 노새의 다리를 관통했다. 총알을 맞은 노새가 고꾸라지면서 앞서 달리는 득이를 밀치는 듯했다. 그러나 다행히도 노새는 빙그르르 한 바퀴 돌더니 그 자리에 멈췄다. 득이는 그 충격으로 저만치 나동그라졌다. 온몸이 욱신거렸지만 정신만은 차려야 한다고 생각했다. 득이는 움켜쥔 목줄을 놓았다. 프랑스 병사 몇몇이 득이를 향해 조심스럽게 전진하고 있었다. 득이는 쓰러진 노새 쪽으로 몸을 숨겼다. 그러는 동안 성안에서는 어떤 미동도 없었다. 아직 조선군 화승총의 사거리가 미치지 않은 탓이었다.

프랑스군 병사들의 거친 숨소리가 득이의 코앞까지 왔다. 살 방법은 죽은 척하는 것밖에는 없다. 노새가 죽은 걸 확인한 프랑스군 병사 한 명이 득이의 가슴에 총을 들이댔다. 득이의 눈꺼풀이 파르르 떨렸다. 프랑스군 병사가 그걸 놓칠 리 없었다.

'또한 우리를 흉악에서 구하소서. 아멘.'

기도를 마친 바우가 갑자기 길 한가운데로 들어섰다. 동문에서 백 걸음도 떨어지지 않은 곳이었다. 바우는 손에 묶인 오랏줄을 빙빙 돌리면서 프랑스군을 향해 소리쳤다.

"여기다. 여기로 와라."

작고 깡마른 몸에서 어찌 그런 천둥소리가 나는지 모를 일이었다. 프랑스군의 눈길이 모두 바우에게 모였다. 그러나 아주 잠시뿐이었다. 탕! 묵직한 쇠구슬이 바우의 옆구리를 뚫고 나아갔다. 바우의 깡마른 몸이 균형을 잃고 옆으로 쓰러졌다.

'정신 나간 놈!'

바우는 기어코 총알받이가 되려고 섶을 이고 불구덩이에 제 몸을 던졌다.

'멍청한 놈! 미련한 놈!'

득이는 제 가슴에 겨누어진 프랑스군 병사의 총구를 손으로 밀치며 몸을 일으켰다. 죽은 줄 알았던 아이가 갑자기 일어나자 프랑스군 병사는 당황했다. 하지만 그런 것까지 헤아릴 여유가 득이에게는 없었다. 득이는 바우에게 달려갔다. 바우 앞까지 휘청거리며 달려가서 총에 맞은 바우를 일으켜 세우려고 했다.

"미쳤어? 왜 튀어나왔어?"

자신을 위해 달려와 준 득이를 보자 바우가 옅은 미소를 지었다. 득이로서는 처음 보는 바우의 웃음이었다. 고통스럽지만 고통스럽지 않은, 이제 모든 짐을 다 내려놓은 것 같은 얼굴이었다.

"형, 이거 받아."

바우가 득이에게 나무 십자가를 내밀었다.

"이거 양이에게 보여 줘. 그럼 살 수 있을지도 몰라."

"이 미친놈아, 정신 차려. 정신 차리라고!"

득이가 바우 못지않게 소리를 질렀다. 바우는 그런 득이를 아랑곳하지 않고 천천히 눈을 감았다.

"눈 떠. 눈 뜨란 말이야."

점점 앞이 흐릿해져 가는 바우는 기어코 득이 손에 나무 십자가를 쥐여 주었다.

"양이한테 이거 보여 주면서 나 따라 해. 저들도 교우니까 형을 해치지 않을 거야."

바우의 힘없는 오른손이 득이의 오른손을 잡았다. 겹쳐진 두 손은 득이의 머리를 거쳐 가슴께에 닿았다. 이윽고 왼쪽 어깨와 오른쪽 어깨를 지나갔다. 그런 다음 두 손이 바우의 가슴에 닿았다. 아직 바우의 가슴은 뛰고 있다. 드문드문 끊어질 듯 이어질 듯 사경을 헤매긴 해도 분명히 뛰고 있다.

"형, 기억하지? 나 죽으면 잘 묻어 달라는 말. 꼭 그리 해 줘."

득이 얼굴은 이미 눈물범벅이 되었다.

"미친놈아, 이 미친놈아……."

바우의 코끝에서 나오던 따뜻한 숨결이 점점 차가워지고 있었다. 바우의 몸이 식어 갈수록 득이의 가슴은 용솟음치며 뜨거워졌다. 어느새 두 아이 주변에 프랑스군 병사 몇몇이 모여들었다.

"발포하라!"

성안 감시구에서 화염이 한꺼번에 터졌다. 모여든 프랑스군 병사들이 총에 맞아 쓰러졌다. 그리고 양쪽 총구에서 불꽃이 쏟아져 나오기 시작했다. 식어 가는 바우를 안아 든 득이에게는 총소리가 들리지 않았다. 득이는 바우를 제 등에 업었다. 빗발치는 총탄, 천지를 뒤흔드는 총소리를 뒤로 하고 풀숲을 향해 뜀박질 치기 시작했다. 양인 선교사가 데려간 명이를 구하기 위해 피를 토하는 아버지를 두고 집을 나섰던 것처럼.

몇 걸음 내딛지 못하고 득이는 쓰러졌다. 뭔가 묵직한 것이 종아리에 붙은 살점을 할퀴고 날아갔다. 어느 쪽에서 날아든 총알인지는 알 수 없었다. 저들의 바람대로 미끼들이 잡아먹혔다. 그러나 저들의 싸움은 끝날 줄 몰랐다. 죽어 가는 두 아이의 육신을 사이에 두고 총탄은 쉴 새 없이 오갔다. 더러는 총에 맞아 쓰러지고, 더러는 쓰러진 동료를 실어 날랐다. 해가 머리 꼭대기에 오르고 두 시진이 지나서야 총소리는 멎었다. 그들 사이에 쓰러진 득이와 바우가 어떻게 되었는지 어느 편도 거들떠보지 않았다.

프랑스군은 부상자들을 데리고 슬금슬금 후퇴했다. 조선군의 총탄과 포탄이 미치지 않는 언덕까지 밀려났다. 그러자 삼랑성 성벽 위에 선 조선군 포수들이 총구를 하늘로 찌르며 거칠게 고함을 쳐 댔다. 이겼다, 물리쳤다. 양이 놈들이 물러났다. 조선군 병사들의 승전가는 요란스러웠다. 득이는 그 노랫소리를 들으며 깨지 않을 것 같은 잠에 빠져들었다. 바우의 몸은 이미 싸늘하게 식어 있었다. 나무 십자가를 쥔 득이의 손은 힘을 잃은 채 스르르 풀렸다. 삼랑성 주변 정족산 자락의 단풍은 어느 때보다 곱게 물들어 가고 있었다.

15
1년 하고 반

"이제야 정신이 돌아왔구먼."

죽어 가는 득이를 돌본 사람은 민 대감 집 머슴 구만이었다. 득이는 구만의 방에 누워 있다가 이틀 만에 깨어났다.

"내가 어떻게 여길……."

"어떻게는 무슨 어떻게야. 죽을 둥 살 둥 하는 걸 업어서 데려왔지."

조선군이 삼랑성 전투에서 이겼다는 소식을 들은 민 대감 집은 피난살이를 끝내고 집으로 돌아왔다. 돌아오는 길에 구만이 삼랑성 동문 앞에서 총에 맞아 쓰러진 득이와 바우를 발견했다. 득이의 숨은 넘어갈 듯했지만 그래도 붙어 있었다.

"바우는요? 바우는 어떻게 됐어요?"

"바우? 누굴 말하는 거야?"

"내 옆에 쓰러져 있던 아이요."

"아, 그놈은 숨을 쉬지 않더라고. 그래서 너만 업고 왔지."

"그냥 놔두고 왔다고요?"

"뭐 그렇지……."

득이가 일어나려고 방바닥에 손을 짚었다. 오른쪽 다리를 바닥에 디디자 통증이 확 올라왔다.

"으윽."

"다 나으려면 한참은 있어야 해. 그 몸으로 어딜 가려고 그래?"

"바우를 찾아야 해요. 시신이라도."

구만이 말려도 소용없었다. 득이는 기어코 일어나 구만의 방에서 나왔다. 굵은 나뭇가지 하나를 지팡이로 삼은 채 삼랑성을 향해 천천히 걸어가기 시작했다. 바우가 준 나무 십자가를 꼭 쥔 채 앞으로 앞으로 뚜벅뚜벅 나아갔다.

'바우가 있을까? 시신이라도 찾아야 햇볕 잘 드는 곳에 묻어 줄 수 있는데…….'

삼랑성에 가까워지자 화약 냄새가 풍겨 왔다. 전투를 치른 지 이틀이나 지났는데도 전흔이 남아 있었다. 멀리 보이는 동문 앞에는 무엇 하나 없어 보인다. 개미 새끼 한 마리 지나가지 않는다. 언제 전투가 벌어졌는지 모를 정도로 말끔하기만 하다. 득이보다 먼저 총탄에 맞은 양이의 노새도 보이지 않는다. 동문 앞에 다다른 득이는 바우와 함께 매복했던 동문 옆 숲으로 들어가 봤다.

눈을 부릅뜨고 바우를 찾았지만 거기에도 없었다. 난감하기 이를 데 없다. 바우의 시신을 누가 가져갔을까?

고민하던 득이는 동문을 통과해 삼랑성 안으로 들어갔다. 전등사에 다다르자 마당을 쓸고 있는 스님이 보였다.

"스님, 혹시 동문 앞에 쓰러져 있던 아이 보셨어요?"

스님이 가볍게 고개를 끄덕였다.

"우리가 데려와 다비(시신을 불에 태우는 불교의 장례법)했다."

"아……."

"그 아이와 친하였느냐?"

스님의 질문에 득이는 금세 대답하지 못했다. 바우와 친했을까? 바우가 친구였을까? 바우는 누구였을까? 어린 사학쟁이? 대역죄인? 강화도를 침략한 양이의 앞잡이? 어머니를 잃은 아이? 장 나졸의 미끼? 전쟁터에서 만난 낯선 아이? 뭐라고 꼭 집어 말할 수 없다. 아니 득이가 만난 바우는 그 모든 것이 아니었다. 하지만 딱 하나 분명한 것이 있었다.

"죽으면 잘 묻어 달라고 했어요. 햇볕 잘 드는 곳에."

스님이 말없이 고개를 끄덕이며 득이의 어깨를 다정하게 어루만졌다.

"잠든 모습이 평온했다. 어린애 같지 않아 보였어. 극락 갈 상이었단다. 나무 관세음보살."

대웅전 처마 끝에 달린 풍경이 바람에 흔들리며 청아한 소리를 냈다. 득이는 구름 한 점 없이 푸르른 하늘을 올려다봤다. 바우의 얼굴이 떠올랐다. 자신에게 나무 십자가를 쥐어 주며 환하게 웃어 보이던 모습이 그려졌다. 늦가을의 하늘은 눈물조차 마르게 할 것같이 시리고 또 시렸다.

프랑스군이 강화에서 물러난 지 1년하고도 반이 지났다. 득이는 갑곶진에서 짐을 부린 후 집으로 돌아오고 있었다. 관아를 지나려는데 북소리가 울렸다. 죄인의 처형을 알리는 북소리였다. 길 가던 사람들은 사형 집행장인 진무영(강화도에서 바다를 지키는 임무를 맡은 군영)으로 향했다. 지게를 진 득이도 그 행렬 속에 따라 들어갔다.

"사학 죄인 장치선과 최영준은 양인들과 내통하기도 하고 바다를 건너가 도적들을 불러들이기도 했다. 치밀하게 일을 꾸미며 화응한 죄는 흉악하고 패역하기 이를 데 없다. 천지간에 이보다 심한 일은 있을 수 없으니 잠시라도 절대 용서할 수 없다. 죄인 장치선과 최영준을 효수(죄인의 목을 베어 장대에 매달아 놓는 형벌)하여 백성들로 하여금 경계토록 할 것이다. 이제 곧 사형을 집행할 것이다."

사형수는 장치선과 최영준 둘만이 아니었다. 이름이 불리지 않은 사형수로 두 사람이 더 있었다. 득이는 그들의 얼굴을 자세히 들여다봤다. 양쪽 귀에 화살이 꽂힌 사형수들은 무릎을 꿇은 채

머리를 땅에 대고 엎드려 있어 얼굴이 제대로 보이지 않았다. 게다가 얼굴에는 회(석회)가 칠해져 있었다. 득이는 모여든 사람들 사이를 뚫고 들어가 무릎을 꿇고 앉았다. 그래도 얼굴 모습이 흐릿하다. 득이가 더 가까이 다가가려고 하자 군졸들이 창으로 막아섰다.

"웬 놈이냐, 물러나라!"

술 한 바가지를 벌컥벌컥 마신 망나니가 사형을 앞두고 칼춤을 추기 시작했다. 그 칼춤에 따라 북채를 든 군졸이 북을 쳐 댔다. 심장을 울렁거리게 하는 북소리에 사람들은 흥분했다.

"양이 앞잡이 놈들아, 어서 죽어라!"

"사학쟁이 도적놈들, 사지를 갈기갈기 찢을 놈들!"

더러는 돌을 집어 던지고, 더러는 침을 뱉었다. 사형수들은 눈을 감은 채 살려 달라는 말도 하지 않았다. 받아야 할 벌을 마땅히 받는 듯 손가락 하나 움직이지 않았다. 망나니는 사형수들을 마음껏 희롱했다. 정성껏 간 시퍼런 칼날을 사형수에 목에 대었다 떼었다 했다. 망나니가 감질나게 칼춤을 출수록 사람들은 흥분하여 더 소리를 질렀다.

"어서 죽여라! 단칼에 베어 버려라!"

득이는 망나니의 칼춤을 더는 볼 수 없었다. 몸을 돌려 사람들 사이에서 빠져나오려고 했다. 그때 누군가가 득이의 어깨를 덥석 잡았다.

"흐흐, 아즉 살아 있구먼."

귀신을 본 듯 깜짝 놀란 득이는 하마터면 어깨에 멘 지게를 떨어뜨릴 뻔했다.

"나졸 나리……."

제법 큰 키에 좁은 어깨, 툭 튀어나온 아랫배, 새우 눈으로 느물거리면서 주장을 빙빙 돌리는 장 나졸이었다.

"놀라긴 뭘 놀라는 겨. 사람 처음 보는가? 근디 사형 구경하다 말고 어딜 가는 겨?"

득이는 고드름처럼 얼어붙어 제대로 대답하지 못했다.

"사학쟁이들 목 베는 거 처음 보는 겨? 참말로 재밌는 찰진 구경인디."

장 나졸은 난데없이 득이의 아랫도리를 움켜잡았다.

"여즉 고추가 안 여물었구먼. 아직 어린애여. 흐흐흐."

득이가 수치스러움을 느끼는 사이에 갑자기 북소리가 멈췄다. 망나니의 칼끝이 하늘로 높이 솟았다. 망나니는 크게 기함을 토해 내더니 두 손으로 칼자루를 움켜쥐었다. 득이는 얼굴을 돌렸다. 아, 하는 사람들의 탄식 소리만 왕왕거릴 뿐이었다.

"쳇 아니구먼. 저놈들도 아니여."

효수된 죄인들의 머리를 본 장 나졸이 고개를 가로저었다. 그는 바우의 아버지 조 서방을 아직도 찾고 있었다. 강화에서 사학 죄인이 처형된다기에 서둘러 도성에서 말을 타고 달려왔다. 바우의 아버지를 찾는 사람은 장 나졸만이 아니었다. 득이도 혹시나 바우 아버지가 처형되는 게 아닐까 싶어 사형장에 왔다.

장 나졸은 사형수 가운데 바우 아버지가 없음을 확인하고서 득이에게 관심을 돌렸다.

"죄인 명부에 조 서방이 있길래 예까지 왔는디, 제기랄, 헛걸음 했구먼. 안 그러냐?"

"네, 네……."

"근디 너 쫌 큰 것 같다. 허기사 널 만난 지가 한 해 하고도 한참 지났으니 그렇겄지. 짐꾼 일은 잘 되는 겨?"

"네, 그럭저럭."

장 나졸은 손에 쥔 주장으로 득이가 진 지게를 툭툭 쳤다. 사람들 틈에서 얼른 나가자는 뜻이었다.

"내가 말이여. 양헌수 천총 나리와 더불어 삼랑성 전투를 승리로 이끌었잖여. 그 공로로 도성에 올라왔단 말이여. 아직 포졸은 되지 못했지만 말이여. 아무튼 감투 쓴 양반네들은 참으로 인색혀. 그냥 팍팍, 팍팍 승진시켜 주면 어디가 덧나냔 말이여. 참말로 짜. 바닷물맨치로 징허게 짜단 말이여, 퉤퉤."

장 나졸의 입에서 침이 툭툭 튀어나왔다. 장 나졸 앞에서 고개를 푹 숙인 득이는 고양이 앞의 쥐 신세였다.

"그러니께 지난달에 말이여. 대원위 합하의 부친이신 남연군 마마 묘가 갑자기 파헤쳐졌단 말이지. 어떤 천인공노한 놈들이 그런 흉악한 짓을 벌였냐 이 말이여. 그 뒤를 캐 보니께 역시나여. 사학 수괴와 양이 놈들이 저지른 일이었단 말이지. 권가 놈(폐롱 신부)이 양이 놈들을 불러들여다가 그런 패악질을 한 거여. 위째 인두겁을 쓰고 한 나라 임금의 할아버지 묘를 도둑질하려 했단 말이여. 그것들은 짐승보다 못한 것들이여. 아주 쓰레기라니께. 에라이, 퉤퉤."

장 나졸이 뱉어 낸 침이 득이의 발끝에 와 닿았다.

"내가 그 대역무도한 권가 놈을 잡아다 목을 확 비틀어 버려야 하는디, 이리 도성에 있어 가지고, 쯧쯧. 아무튼 사학쟁이들은 끝까지 쫓아가서 모조리 잡아들여야 혀. 아주 온몸을 갈기갈기 찢어서 호랭이 먹잇감으로 조선 팔도 온 땅에 뿌려야 한단 말이여. 그래야 나라 기강이 바로 서지. 안 그려?"

장 나졸이 득이의 옆구리를 주장으로 찔러 댔다.

"네, 그렇죠."

"그려 그렇지, 음……. 암튼 이가 놈도 아직 살아 있을 거고, 조가 놈도 아직 살아 있을 텐디."

조가 놈, 바우 아버지라는 말에 득이는 숙였던 고개를 들었다.

"뭘 그리 쳐다보는 겨? 내 얼굴에 뭐 묻었나?"

"아닙니다요."

"득이 너도 이가 놈이나 조가 놈 보거든 얼릉 관아에 알려야 혀. 아니지 아니지, 도성으로 한달음에 달려와서 이 장 나졸 나리헌티 고해야 혀. 그래야 내가 꽉꽉 출세할 거 아녀. 안 그려?"

"네네."

득이의 대답이 채 끝나기도 전에 장 나졸은 다시 주장으로 득이의 허벅지를 쳤다.

"뭐 혀? 비켜! 출출해지는구먼. 주막에 가서 닭 다리라도 뜯어야겠네."

득이는 뒤뚱거리며 걸어가는 장 나졸의 뒷모습을 보면서 혀를 끌끌 찼다. 저놈의 욕심은 끝이 없구나 싶었다. 장 나졸도 인두겁을 쓰고 패악질을 저지른 사학 괴수 권가와 다를 게 없어 보였다. 바우를 죽음의 불구덩이로 몰아넣었으면서도 아무 일 없다는 듯 저리 태연할 수가 없다.

득이는 집으로 가기 위해 발길을 돌리려고 했다. 그때 장 나졸이 득이를 불렀다.

"득이야, 니도 바우랑 똑같이 이 장 나졸 나리, 아니 앞으로 포교가 될 이 나리의 미끼였다는 거 잊지 말어. 지금도 그렇고 말이여. 양이 놈들 쳐들어왔을 때 짐꾼 노릇한 잡것들, 강화부에서 여적지 찾아서 족친다고 하던디……. 몸 간수 잘혀. 내 자식 같아서 허는 말이여, 흐흐흐."

득이의 온몸에 소름이 돋았다. 득이는 장 나졸의 말을 끝까지 듣지 않고 냅다 달려 나갔다. 답답한 마음을 억누를 수 없어 집으로 가지 않고 강화성 북문 쪽 산으로 향했다. 숨이 목젖까지 차올라도 달리기를 멈추지 않았다. 산꼭대기에 올라서자 비로소 지고 있던 지게를 내려놓았다. 땀이 차올라 무명 저고리가 다 젖었다.

바다는 잔잔하고 고요했다. 늦봄, 내리쬐는 햇살을 받아 반짝반짝 빛나고 있었다. 산과 바다는 늘 그렇다. 언제 무슨 일이 있었냐는 듯 때가 되면 비가 오고 눈이 내리며 더워지고 추워진다. 언제나 동편에서 해가 뜨고 서편으로 해가 진다. 양반은 늘 양반이고, 아랫것은 여전히 아랫것이다. 임금은 있되 임금이 아니다. 임금의 아비가 여전히 임금 노릇을 한다. 아버지의 목숨을 앗아 간 임금의 찬란한 궁궐은 완공을 앞두고 있는데, 사학쟁이들은 계속 죽어만 간다. 자비란 없다. 세상은 변한 게 하나도 없다. 양이는 강화 섬을 떠나면서 관아와 그 안에 든 물건을 모조리 불태웠다. 그러자 강화부사는 다시 관아를 짓겠다며 백성들을 혹독하게 다그친다. 가진 것 하나 없는 백성은 가진 자들과 힘깨나 쓰는 자들의 미끼로 살아간다.

'난 누군가의 미끼는 되고 싶지 않아.'

득이는 가슴속에 쌓아 둔 울분을 토해 내고 싶었다.

"바우야!"

바우를 부르는 소리가 텅 빈 하늘에 닿았다.

"바우야, 거기서 잘 살아라. 굶지 말고 배불리 먹어라. 네가 따르는 천주님 실컷 믿어라. 나는 여기서 어떻게든 살 거다. 넌 거기서 잘 지내라."

득이는 터질 것 같은 가슴을 부여잡으며 고래고래 소리를 질렀다. 뜨거운 눈물 한 방울이 뺨을 타고 또르르 흘러내렸다. 득이는 바우가 준 나무 십자가를 꼭 쥐었다. 다시 지게를 메고 산에서 내려가기 시작했다. 총알을 맞아 살점이 날아간 종아리는 예전보다 더 단단해졌다.

해가 서쪽 바다 너머로 서서히 지고 있었다. 그러나 내일 아침이면 다시 뜰 것이기에 아쉬움이나 실망감이 없다. 득이는 한 발한 발 땅을 꾹꾹 딛고 내려가며 다짐하고 다짐했다. 하늘로 떠난바우를 대신해 누구보다 꿋꿋하게 살아가겠다고. 바우가 남겨 준목숨 줄을 단단히 붙잡겠다고. 앞으로 어떤 군난이 닥치더라도절대로 비켜 돌아가지 않겠노라고. 득이의 가슴이 다시 뛰기 시작했다. 햇살을 받은 눈망울이 초롱초롱 빛났다.

언제든 닥칠 수 있는 삶의 '군난,

1866년, 역사책은 그 해를 두 가지 사건으로 기록합니다. '병인박해'와 '병인양요'입니다. 그해 초에 고종의 아버지 흥선대원군은 천주교 금압령을 내립니다. 그런 뒤 조선에 몰래 들어와 선교하던 프랑스 선교사와 조선인 신자 들을 무참히 처형합니다. 곧 병인박해의 시작입니다. 그해 가을, 청나라에 주둔해 있던 프랑스군은 조선을 탈출한 선교사의 말에 따라 조선의 강화도를 침공합니다. 선교사 처형에 대한 책임을 물으면서 조선과의 통상까지 요구할 작정이었습니다. 우리가 잘 알고 있는 병인양요입니다.

프랑스군은 삼랑성 전투에서 패해 강화도를 점령한 지 한 달여 만에 철수했지만, 그들은 왕실 고문서를 약탈하고 강화읍에 불을 지르는 등 막대한 피해를 주었습니다. 프랑스군을 물리쳐 기세가 등등해진 대원군은 천주교 신자들을 닥치는 대로 잡아들이기 시작했습니다. 무려 6년간 벌인 대학살로 수천 명의 천주교 신자가 목숨을 잃었습니다. 죽임이 일상이 된 암흑의 시대였습니다.

박해와 양요, 두 사건은 다람쥐 쳇바퀴 돌 듯 서로 물고 물리는 모양새입니다. 무엇이 더 정당하냐를 떠나서 그것은 끝나지 않는 죽음을 의미합니다. 그 피비린내 나는 죽음의 공포 한가운데에 이 이야기의 주인공 득이와 바우가 있습니다. 두 아이는 절대 원치 않았던 죽음의 소용돌이 속으로 속절없이 빠져들고 말았습니다. '막혀서 어렵다'라는 뜻의 '군난'이 그들에게 닥친 것입니다.

선택의 여지는 없었습니다. 여동생을 빼앗긴 득이는 목숨을 걸고 동생을 찾으러 나서야 했고, 죽음의 문턱까지 갔다가 가까스로 살아 돌아온 바우는 산송장이 되어 죽음을 기다려야 했습니다. 마주 보고 달려 나가는 기관차처럼 두 아이는 언제든 맞부딪혀 깨질 수 있었습니다. 그런데 평범하게 살고 싶었던 두 아이가 왜 서로 핏발을 세우며 으르렁대야 했을까요? 그들이 잘못한 건 무엇이었을까요?

"너도 잘못한 건 없지……."

둘에게는 잘못이 없었습니다. 나라 안팎의 불의한 권력이 그들에게 잘못을 덮어씌웠습니다. 아무런 힘을 가지지 못한 나약한 아이 둘을 희생양으로 삼았습니다. 권력의 이익을 도모하기 위해 아무렇지도 않게 미끼로 내던졌습니다. 그 사실을 깨달았을 때 두 아이 앞에는 이미 총칼이 도사리고 있었습니다. 막다른 곳에 다다라 무엇을 해야 할지 어디로 가야 할지 몰랐습니다. 마침내 두 아이는 몸을 일으켜 막다른 곳을 향해 달려갑니다. 뒤돌아 가지 않고 그대로 주저앉아 울지만은 않았습니다.

우리 삶에는 언제나 '군난'이 닥칩니다. 누구도 평탄한 길을 걷지 않습니다. 지게에 짐을 한가득 지고 가파른 산을 오르는 득이처럼, 오랏줄에 두 손이 꽁꽁 묶여 끌려다니는 바우처럼 크고 작은 시련이 우리 인생에 놓여 있습니다. 그 시련 앞에서 누군가는 울며 소리치고, 누군가는 이길 수 없다며 포기하고, 누군가는 딛고 일어서려고 애씁니다. 시련 앞에 섰을 때 우리는 어떻게 해야 할까요?

　삶과 죽음, 고통과 시련에 관한 이야기를 쓰면서 가슴이 먹먹해진 적이 한두 번이 아니었습니다. 내가 득이라면, 내가 바우라면 어땠을까? 묻고 또 물었습니다. 뾰족한 답을 찾을 수 없었습니다. 답을 찾아가는 과정이 삶이니까요.

　두 해 전, 제 마음에 들어온 득이와 바우를 이제 떠나보내고 싶습니다. 고통과 시련보다 행복과 기쁨이 가득한 곳에서 한껏 웃으며 살아가기를 빌고 또 빕니다.

이정호

오늘의
청소년
문학
└──30

다른 포스트

뉴스레터 구독

그해, 강화 섬의 소년들

초판 1쇄 2021년 2월 24일
초판 2쇄 2024년 7월 26일

지은이 이정호

펴낸이 김한청
기획편집 원경은 차언조 양선화 양희우 유자영
마케팅 정원식 이진범
디자인 이성아
운영 설채린

펴낸곳 도서출판 다른
출판등록 2004년 9월 2일 제2013-000194호
주소 서울시 마포구 동교로 27길 3-10 희경빌딩 4층
전화 02-3143-6478 **팩스** 02-3143-6479 **이메일** khc15968@hanmail.net
블로그 blog.naver.com/darun_pub **인스타그램** @darunpublishers

ISBN 979-11-5633-327-2 44810
     978-89-92711-57-9 (세트)

다른 다른 생각이
다른 세상을 만듭니다